台灣的讀者，大家好。
當你想愉快地創作小說時，
或是想更深入地感受小說的世界，
本書能多少幫上忙的話就太好了。
願大家都能從中得到樂趣……！

——三浦紫苑

三浦紫苑的寫作講座

寫小說，不用太規矩

マナーはいらない
小説の書きかた講座

SHION MIURA

三浦紫苑

鄭淑慧——譯

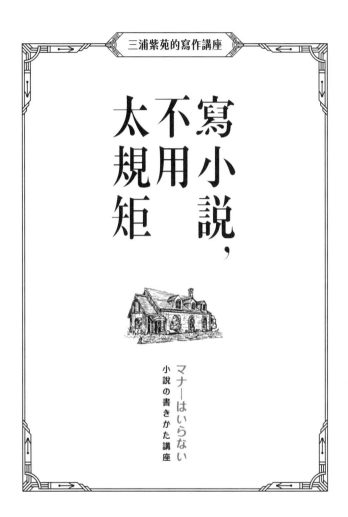

前言——歡迎光臨本餐廳

本書是將在《網路雜誌Cobalt》（Webマガジン Cobalt）上連載的文章「成為小說家的寫作微建議」（小説を書くためのプチアドバイス）集結成冊。決定出書時，還加上了全新內容與專欄，並將書名定為《寫小說，不用太規矩：三浦紫苑的寫作講座》。

話說回來，為何在下我會開始在網路上連載關於「小說寫作的建議」呢？故事得說回十四年前了……「什麼？已經十四年了嗎?!」連我自己都嚇了一跳呢。當年我開始擔任「Cobalt短篇小說新人獎」的評審委員。

Cobalt短篇小說新人獎的報名條件為「篇幅二十五～三十張稿紙◆的短篇小說」，此為立志成為小說家的人都會參加的比賽，歷史非常悠久。不少小說家都是先得到短篇小說新人獎之後，再挑戰長篇小說比賽，而後文壇出道。Cobalt 編輯部的成員（約十名）與我本人，每兩個月會聚在一起，進行一番猛烈的唇槍舌戰，選出最後的入選作品。在討論的過程中，我發現「即使是同一篇作品，理解和解讀還是會因人而異呢。」這個有趣的發現讓我獲益良多。而使出渾身解數投稿的諸位參賽者，更是讓我在每一次評選時深受感動。

就這樣，十四年的光陰轉瞬即逝。

拜讀大家的參賽作品時，我經常覺得「這個地方要是能再留心一點，應該可以寫得更好。」、「話說回來，我自己又是怎麼寫小說的呢？」如此這般地不斷思考並反省自己對小說寫作的想法。評選會議結束之後，我也會和 Cobalt 編輯部的成員討論小說二三事，於是有人提議：「那麼，您要不要開個連載來建議大家怎麼寫小說？也許能夠成為投稿參賽者的參考呢。」

◆日本文學獎或徵文比賽慣以稿紙計算字數，一般指四百字稿紙。

像我這樣的人有資格開寫作專欄嗎……即使心中仍有疑慮，但我很想報答一直以來將心血結晶投稿給我們的大家，以及今後願意投稿的諸位。於是決定透過連載專欄，跟大家分享我自己在實際寫小說過程中的發現，以及一直以來思考的事。由於過於掏心掏肺，中途可能會變得有點不太正常（請參照正文），如果本書能幫上各位的忙，即使只有一丁點，也是我無上的光榮。

《寫小說，不用太規矩》這個書名裡，融入了「寫小說是一件自由的事，不須太過拘泥！」的個人淺見。但此書名其實有一點取巧，寫作確實是件自由的事，但不可否認的，還具有這一層含義：「只要掌握好特定訣竅及重點，就能用文章更自由地傳達你的想法！」關於這些關鍵重點，之後我會盡量舉例為各位說明。

不過啊，由於寫這本書的畢竟是平時就不太正經的在下，挺胸！（這有什麼好得意的。）即使有些地方可能會讓各位覺得「這人說話還真古怪」，還是希望大家都能以輕鬆愉快的心情閱讀。還有，我擔心立志成為小說家的人可能太少了，就算你的志願並不是成為小說家，也可以把本書當成散文集輕鬆閱讀喔！話說，這些話寫在前言裡，應該沒人會看到吧……喂！那邊那位！你不是想成為小說家嗎？「本書」就在這裡！快拿去櫃台結帳！

我將本書的架構設計為全餐的形式。話說，二十四道料理未免也太多了？全部吃完的話，肚子應該會撐破吧？專欄則設計成讓味覺休息或轉換一下的「清口」小點。再話說，清口竟然多達四次，簡直跟換好幾套禮服的大明星豪華婚宴一樣嘛！

歡迎來到吐槽點滿滿的本餐廳。請盡情享用我們為您準備的餐點，不論是用手抓著吃，還是想躺著吃都悉聽尊便喔！

目　次

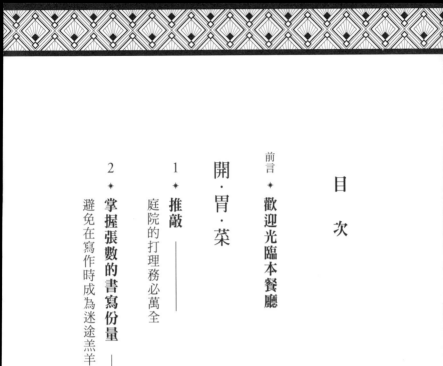

前·菜

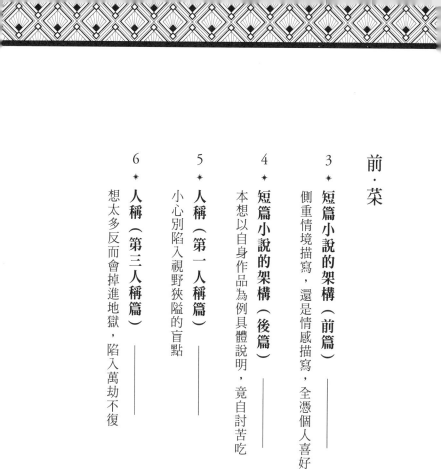

湯·品

魚·料·理

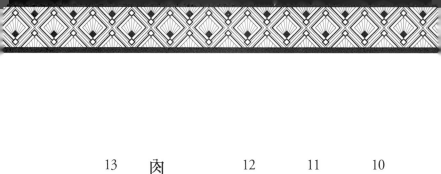

咖啡・與・小點心

餐．後．酒

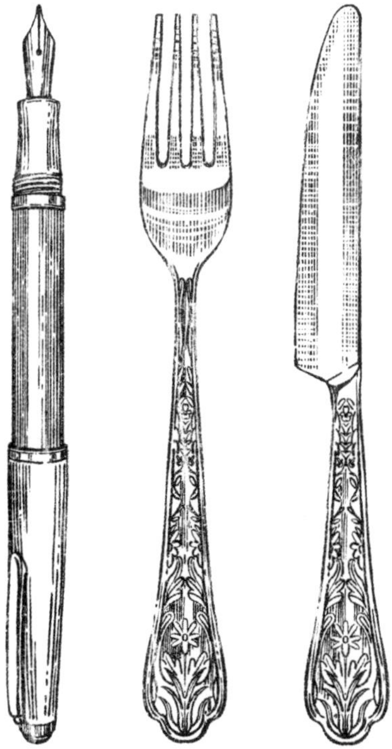

裝幀

✦

SAVA DESIGN

裝畫

✦

Ryuto Miyake

封底插畫法文翻譯

✦

岡元麻理惠

寫小說，不用太規矩

三浦紫苑的寫作講座

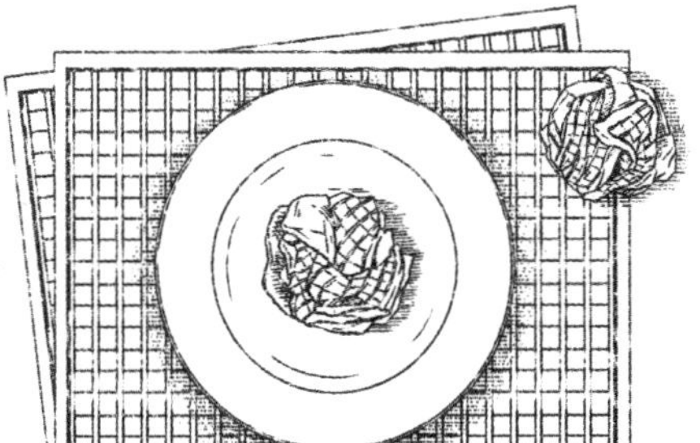

第一道

推敲
——庭院的打理務必萬全

好吧，接下來讓我們開動吧！第一道菜，就從最基本的料理開始。那個，不是有句話叫「莫忘初心」嗎？就是這個道理。

記住，這件事至關重要：投稿小說時，請務必詳閱「徵文規定」。尤其你的稿子如果是以電腦打字再列印出來，請務必設定為方便閱讀的格式。有些文學獎會特地規定稿子的列印格式，比如「每行二十字×每頁二十行」。但主辦單位偶爾還是會收到「字距」異常寬鬆，或「行距」過於緊密的稿子，實在很傷腦筋。

當然，最重要的還是作品的內容，確實無須花太多心思在過於枝微末節的小事。即使參賽者寄來的稿子簡直就像恐嚇信◈，我們還是會認真拜讀就是了。

不過，小說本來就是要讓人閱讀的東西，身為作者的你，仍然應該思索「這樣設定應該比較容易閱讀吧」，負起責任、設定好稿子的格式。如果你交來的徵文稿給人這種自暴自棄的感覺：「人家不太懂電腦的設定，印表機又有點問題，所以墨水不太均勻。但因為時間實在太趕了，就請您將就著看唄。」相信你好不容易寫出來的作品若有靈的話，一定也會因為自己賣相太差而哭泣。

最嚴重的問題，莫過於讓評審就此認為「此作者似乎沒意識到這一點：『寫小說是要讓讀者讀得下去。』也就是說，此君對自己的作品缺乏客觀的眼光。」那未免也太虧了吧。正因如此，你一定要保留充分的時間，連列印的格式也要一併注意，謹慎地完成你的作品。

◈日本人印象中的恐嚇信多為報章雜誌的剪字拼湊而成，字體及大小格式均不統一。

關於這一點，還有一事想提醒大家。

「再三推敲」小說的內容，至關重要。例如：檢查有無錯字或漏字、文章整體的架構與文句是否千錘百鍊、經得起各方的考驗……完成小說之後，你應該站在讀者的立場，以客觀的角度重新閱讀自己的作品，一字一句地進行調整。

專業小說家（應該）都會對自己的作品反覆推敲。在交稿給編輯之前，稿子都不知修過多少次了。作品登上雜誌之前，還需要確認「校樣」，最後一次推敲修潤。刊登在雜誌上的作品如要出版成書，作者又得歷經好幾次校對，再三反覆推敲，直至意識不清快要往生為止。對了，如果普通尺寸的單行本頗受歡迎，而決定推出小尺寸文庫版的話……（過程恕我省略不提）。

我想表達的是，推敲就是如此重要。稿子寫完後沒重新讀過就直接投稿，丟臉的程度堪比「深夜一時衝動寫的情書，在教室被全班同學傳閱」。

推敲為何如此重要？因為這是「為讀者著想」的一環，同時也是站在讀者的角度，冷靜客觀地評斷自己作品的大好機會。若是缺乏「有人會閱讀這篇作品」的自覺，無法客觀看待自己的小說，就寫不出好的作品。在這種情況寫出來的小說只是用來自爽而已。

每當我讀到錯漏字很多的投稿，真的會很焦慮。如果連作者都不珍視自己的作品，又怎麼能將寄託在作品中的想法傳達給讀者呢？推敲不夠嚴謹的稿子，就像長滿雜草的庭院。如果有人讓你參觀這種院子，還沾沾自喜地說：「看哪！這就是我精心打造的院子。」你應該只想吐槽對方：「我說你的愛是不是毒藥啊！可惡！被小黑蚊叮到的地方超癢的啦！」

同時，作者還必須避免因為太愛自己的作品而陷入視野狹隘的問題。看著主人一臉得意而展示的庭院呈現這種感覺：「看得出對方花了不少心思打理，但院中擺飾的品味實在過於獨特，讓人無法發自內心讚美」，客人（讀者）應該只會覺得困擾吧。

完稿後，千萬不要吝於施以愛的鞭策，務必推敲再推敲。讓我來比喻的話，所謂「推敲」就像「拔掉庭院裡的雜草，留下極富野趣的小花，忍痛將不適合的擺飾全部斷捨離」這一連串的動作。寫小說時所需的一切繁瑣作業，都是為了將你注入作品中的想法，確實地傳達給讀者。

總之，為了閱讀小說的人著想，同時也為保持作者自身的客觀，請你務必再三仔細推敲自己的作品。至於列印出來的稿子，也要在列印前先調整成易讀的格式。當然，我跟 Cobalt 編輯部一定是就作品內容來進行評選。不過，從作品推敲的程度與格式，我們的確可以感受到「作者對自己的作品是否有心（有沒有熱情）？」、「這個人能否以客觀的角度來審視自己的作品？」

如果你只是單純寫小說就滿足，並不打算靠小說吃飯，那寫完後不推敲也無妨。不過要請你將這樣的稿子收在抽屜裡，千萬別給其他人看。這麼說也許有人會覺得我很冷酷，但想走寫作這一行，非得有此覺悟不可——無數次的推敲修潤以及對格式的要求，就跟「河童的屁」◆一樣是根本不足為外人道的基本功。恕我失禮，剛剛用了「屁」這個不雅的字眼。在此鄭重修正為「自河童玉臀吐露出的維納斯芬芳」。

嗯……不過改成這種敘述也很怪就是了。身為作者的你，此時更要不屈不撓地反覆推敲，一字一句千錘百鍊，直至化境才能擱筆！

如果是三十張稿紙的短篇小說，有人也許只要一個晚上就能寫完。遇到這種狀況，寫完之後，可以等心情平復冷靜後再細細推敲。如果是一天只寫數張稿子（或數行字）的人，基本做法是先閱讀前一天寫好的內容，推敲之後再寫當天的部分。有時還必須回到作品的開頭重新審視，確認再三覺得沒問題後，再下筆寫今日預計完成的部分。（當然，作品完成後還是要進行全盤的推敲修潤喔！）

◆日文意指「不值一提的簡單小事」。

重複上述過程，就能提高作品的精準度。「重新讀過一遍後，我想到了一個可讓故事發展更精彩的新點子！」有時甚至會出現這樣的意外之喜，讓你能更有活力地投入今日的寫作。

千萬別怕麻煩，跟自己的作品保持適當距離（＝客觀的眼光），帶著滿滿的愛寫到最後吧！

第二道

掌握張數的書寫份量

——避免在寫作時成為迷途羔羊

「天氣這麼熱是要怎麼寫小說啦！」連日酷暑，各位還安好嗎？不輸給炎夏、不輸給酷暑，每天寫五張稿子，我想成為那樣的人。◆嗚嗚嗚。

話說，這一篇想跟各位探討的重點是「五張」。這裡的「五張」，既不是五張A5影印紙，也不是五張面紙，而是五張稿紙喔。

也許有人會抗議：「這種事我當然知道！」請稍安勿躁，先聽我解釋啊。

這個時代還在用稿紙寫作的人，應該是少數吧。其實這本書我也是

◆作者模仿日本國民作家宮澤賢治的知名短詩〈不畏風雨〉，原文為「不輸給風、不輸給雨（中略）每天吃四合糙米（中略）我想成為那樣的人。」

用電腦寫的。不過日文的稿件份量，沿用至今的計算基準依然是「稿紙」，而且是二十字乘以二十行的四百字稿紙。

出版社向作者邀稿小說或散文時，通常會說「請交七十五張」或「請交十張」。這裡指的當然不是面紙，而是「以四百字稿紙來計算的七十五張（或十張）」。

當然也有例外，像是版型已定的雜誌或報紙來邀稿，則會詳細指定字數與行數，提出類似這樣的要求「格式為每行十三字×每頁五十二行」。如是廣告相關的邀稿，對方則會點明大概的字數，例如「希望字數是一千六百字」。

不過，基本上還是以稿紙來換算。如果你是以小說家的身分出道，主要的工作邀約大多來自出版社。因此，你必須先學會掌握「一張稿紙」的書寫份量是多少，否則很可能在搞不清楚邀稿張數能寫多少內容的狀態下就貿然動筆。（順帶一提，稿費也是以「一張稿紙〇日圓」來計算。）

這個問題之所以重要，在於它跟如何構思小說的架構息息相關。「Cobalt短篇小說新人獎」的徵文規定是「篇幅二十五～三十張稿紙」。但我在拜讀投稿小說時，經常看到「內容與稿紙張數不相襯」的作品。例如，故事的內容塞不進三十張稿紙，只能草草結束或莫名其妙地斷尾。同樣的，我也遇過明明還有篇幅可以發揮，但因為故事情節的發展不夠到位，只好提前結束的狀況。

這樣的失敗案例，用一句話來總結就是「架構失敗」。原因可歸咎於「筆者無法掌握（＝無法想像）一張稿紙能寫的份量，以及三十張稿紙能寫多少內容」。

各位使用電腦寫作時，會如何設定字數呢？還有，版面上會標示行數嗎？我自己的做法是將版面設定為「一行二十字」，也會標示行數，經常確認截至目前已經寫了多少字。順帶一提，這篇文章寫到這裡差不多是三張稿紙的份量（約日文一千二百字）。

如果你還沒掌握稿紙張數的書寫份量，建議可以設定為「一行二十字」或「一行四十字」，提醒自己「換算成稿紙的話，現在已經寫了幾張」。這麼一來，寫作時就能掌握並調整進度，像是：「寫了這些，大概有五張了吧？不過故事情節似乎沒什麼進展耶。」、「快寫滿二十五張了，接下來該收尾了。」

在反覆練習的過程中，自然能培養出動筆前先設定好全篇架構的能力，例如：「三十張稿紙的短篇小說，就設定這樣的情節發展吧！」換句話說，你可以比較容易發想出符合稿紙張數與篇幅的故事。

在無法掌握書寫份量的狀態下寫作，就跟在沒地圖、沒路標、沒路人可問的場所迷路一樣。我至今走了多遠，還要再走幾公里才能抵達目的地，先養成這樣的寫作手感非常重要。從自家到最近捷運站要走幾分鐘，根據經驗法則應該可以抓出大概的時間。同樣的道理，如果邀稿條件是「三十張稿紙」，你必須學會掌握三十張稿紙的書寫份量，在鋪陳故事的同時留心字數與行數的設定，不斷地累積經驗。

等你習慣以後，無論邀稿張數是多少，心裡都能先有個底：「〇〇張的話，寫成這樣的故事應該剛剛好。」（即使對方以字數來邀稿，也可以先換算成稿紙張數，更容易評估。）此時就算不設定一行二十字、不標示行數，也能憑感覺判斷「現在大概寫了〇張稿紙」。

如果沒培養出這樣的手感，就會一再發生「明明設定好架構，卻無法依照計畫將故事收入原定張數」的悲劇。只要多累積經驗，就能培養手感，掌握書寫份量，請各位務必在寫作時注意稿紙的張數。

第三道

短篇小說的架構（前篇）

——側重情境描寫，還是情感描寫，全憑個人喜好

「思考小說寫作二三事」這套全餐料理（？）如今也來到了第三道菜。各位反覆推敲的習慣是否深入骨髓了？掌握張數份量的訓練也沒偷懶吧？那麼，接下來要端出的料理是「小說的架構」。

當然，各位可以以自己覺得方便的方式來構思架構，想選擇刻意不布局架構的做法也無妨。不過，在還沒習慣寫小說的階段，先決定好故事的架構再下筆，寫起來應會比較順手。

在此以「三十張稿紙的短篇小說」為例，為大家說明構思小說架構

的方法。寫小說並沒有「這樣寫一定會順利」的絕對公式，各位可以參考以下說明，打造專屬於你自己的方式。

個人推測，一般人想到「我想寫這樣的故事」時，腦中浮現的靈感大致可以分為兩類：

一、角色的對話、置身的情境等。

二、對角色沒有特別想法，想描寫的是「某種情感」、作品的氛圍或主題。

我個人絕對屬於「第二類」，出場人物是怎樣的人、進行何種對話，一開始時我幾乎都沒什麼頭緒。但我問過寫小說的同業，很多人似乎都屬於「第一類」。更何況「靈感浮現的時間點」也是因人而異，「構思架構」這一點說來簡單，其實一點也不簡單呢……

短篇小說最重視的是犀利的思維與讀後的餘韻，架構反而不須太細緻入微。首先要決定故事的「高潮」，亦即故事發展的大幅轉折，或是角色情感最高漲的部分。

先想到「角色對話」的人（以下稱「第一類」），那一段對話就有可能成為小說的高潮部分；而先想到「某種情感、氛圍或主題」的人（以下稱「第二類」），即將引爆「某種情感」的情境或彰顯主題的場面，就會成為故事的高潮。

「第一類」容易發生的問題，在於帶給作者靈感的對話，往往是短篇小說開頭的某一個場面。雖然沒有硬性規定小說不能一開頭就是高潮，但一般而言，高潮通常都是故事過半之後才出現。這麼一來，如果靈感只限一開頭的對話，之後故事的開展與鋪陳就會比較困難。

這該如何是好呢？我的建議是具體描繪出角色的個性，例如此人身處怎樣的境遇、過著什麼樣的日子，當然也要幫角色取名字。重點在於，先掌握「主角是怎樣的人」。以角色的人物設定為基礎，再來思考說出小說開頭對話的角色本身，若要發生某個決定性的毀滅（或修復）事件，怎樣的情節比較適合，將這段情節作為故事過半以後的高潮。

雖然我用了「毀滅」這個字眼，但不一定非得是「先是被公司非法裁員落得身無分文，還遭到左鄰右舍難以言喻的可怕霸凌」或「不幸被捲入槍擊戰」這類誇張的情節。

所謂的毀滅或修復，指的是作品內的「戲劇性事件」。即使是再芝麻蒜皮的小事，都有可能成為小說架構中的「戲劇性事件」或是「促進情節發展的插曲」。而引發「戲劇性事件」最快的方法，就是安排「將主角逼入窮途末路的人或事件」出場。一直讓主角處於身心愉快的狀況，就無法產生「戲劇化」的效果。

「主角是如此這般的人。」當你徹底掌握角色的性格後，接下來請想像：會讓這個人感到厭惡、悲傷或憤怒，也就是能動搖主角內心的言行或事件為何？這部分就是作品的高潮。即使是客觀看來屬於「小事」的情感波動或事件，對當事人（主角）而言如果非常重要，就能作為高潮來發展故事。

順帶一提，讓「主角感到歡喜」因而「內心動搖」，當然也是一種可行的寫法。但這麼一來，在高潮出現之前，必須先將主角逼到窮途末路。有了這樣的鋪陳，之後「感到歡喜」的那一幕才能成為故事情節的高潮（＝戲劇化的部分）。

「第二類」容易發生的問題，在於「具備想要藉由作品來表達的情感或主題，卻只能想到某種揮之不去的氛圍」。為了不讓作品淪為缺乏真實感的「氣氛小說」，唯一解方就是盡力思考具體的細節。

首先，「想表達的情感」或「主題」出現的場面，就故事架構而言，一般都在故事過半之後。那麼，最適合這個場面的角色是怎樣的人呢？使出你的渾身解數，去想像那個人的性格、生活方式、身處的境遇或立場等細節。當然，也要幫角色取名字。還有，決定該戲劇性事件在哪一個地點發生，也非常重要。

請記得，「揮之不去的氛圍」自始至終都是「讀者讀完短篇小說後留在心中的懸念」，必須藉由整篇作品來烘托營造出某種氣氛或印象。但創作小說時，作者千萬不能過度沉浸於腦中的印象，或是被牽著鼻子走。

請各位想像一下棉花糖。棉花糖綿軟而蓬鬆，但是，製作棉花糖所需的元素也一樣嗎？正好相反！棉花糖是結合免洗筷、粗糖、像鐵鍋的機器，由管攤子的大叔做出來的。這些材料（？）跟又軟又蓬完全沾不上邊。但是，融合這些元素產出的卻是棉花糖。

小說也是同樣的道理。充分發揮想像力的人物設定、嚴謹的故事情節與架構……這些技巧與事前準備必須夠扎實，才能讓你的作品成為一篇精彩的小說。唯有如此，才能完整呈現當初你腦中所浮現的「氛圍」，比如「棉花糖般綿軟蓬鬆的清甜感」。不可思議的是，倘若在寫作時放任「感覺」肆意奔馳，小說反而無法醞釀出當初想描寫的那種氛圍。

好了，討論完「第一類」與「第二類」的高潮部分，還有角色的個性設定。接下來，讓我們來探討小說的開頭與結尾吧。

短篇小說的開頭，重點在於「吸引讀者」。透過場景與對話的描寫，讓讀者好奇「發生什麼事？」至於結尾，最好心裡先有個底，像是「我要以這樣的感覺來收尾」。不過在寫小說的過程中，偶爾靈感來了會出現神來一筆，讓主角做出超乎原本預期的行動與選擇，在構思故事架構的階段，倘若一開始就把結尾寫死，反而會限縮了小說的可能性。

以三十張稿紙的短篇小說為例，「開頭（以洗練的手法將讀者帶入作品世界）→高潮（故事情節急轉直下的部分、主角情感最為高漲的部分）→結尾（醞釀餘韻，或是讓人拍手喝彩的俐落收尾）」的三階段架構是最王道的寫法。此時的訣竅在於，不是從頭一步步構思劇情（這只能算是單純的「故事概要」），而是將高潮作為整篇小說的核心，利用前後的故事鋪陳來烘托戲劇張力。各位在構思小說架構時，不妨試著從這個觀點來發想故事，揣摩「如何才能將這段高潮發揮得淋漓盡致」。

以上的說明，沒有具體例子可能會不太好理解。因此，下一道料理會以我自身的作品為例，為大家說明短篇小說該怎麼發想、如何構思。不過啊，本人屬於「感性派」（←這樣說是不是很帥），所以啊……也就是說，我是「較不擅長理論那一派」（←這樣說一點也不帥），所以啊……雖然不知道這樣說明能否讓各位感到滿意，但我會好好加油的！

第四道

短篇小說的架構（後篇）

——本想以自身作品為例具體說明，竟自討苦吃

上一道料理跟各位說明「三十張稿紙的短篇小說」要如何構思架構，因為內容較為抽象，擔心有讀者難以理解，這道料理就以實際例子來說明如何發想小說的內容與架構。

恕在下斗膽，以拙作〈繁星夜遊〉（收錄於新潮文庫的《天國旅行》）為例跟各位說明。這篇作品雖然是五十張稿紙的短篇小說，不過就故事內容的發想與架構，跟三十張稿紙的短篇小說應該沒有太大差別。

啊，我不是在打書要大家去買〈繁星夜遊〉啦。（有興趣的人不妨讀讀

看喔←氣音）在此先講述一下故事的梗概。

〈繁星夜遊〉的故事主角是一對住在學園城市◆的大學生情侶。敘事者「我」與女友香那在公寓過著半同居生活。某天晚上，香那一如往常來到「我」的公寓，不知是不是沒有食慾，香那一口都沒有動「我」準備的晚餐。雖然「我」覺得有點奇怪，卻也沒有多想，當晚兩人如常睡下。隔天早上，「我」與香那一起上學，卻發現周遭的友人似乎都看不到香那。

其實，香那前一晚來「我」的公寓時，在路上死於車禍。因為「我」自小就有能夠清楚看到鬼魂的靈異體質，一開始完全沒想到香那已經死了，還像往常那般對她。

「我」跟香那的鬼魂依舊過著與她生前無異的生活，但兩人之間還是產生了微妙的嫌隙。因為「我」處於被香那「附身」的狀態，無時無

◆聚集許多學校與研究機關的城市，位於日本茨城縣南部的筑波市就是知名的學園城市。

刻被她「監視」著，既無法展開新的戀情，預計將來也沒有機會結婚。香那發現只有「我」才能看得到她，只有「我」才能跟她對話。因為只能依靠「我」，成了鬼魂的香那似乎相當不安。

某天，「我」無意中發現，香那只要在時速八十公里以上的速度下移動，就無法維持靈體，可能就此魂飛魄散。「我」雖然在心中盤算著要不要將車速加速到一百二十公里，卻遲遲無法下定決心，就這樣載著副駕駛座上的女友鬼魂奔馳在星空下。

像這樣先寫出故事梗概一看，我才發現這個故事有夠蠢……但是，請各位千萬不要覺得「既然知道大概的故事，就不用去閱讀作品本身了！」還請大家務必體諒在下的一番犧牲（？）啊！

此事先暫且不提，接下來請各位陪我一起回顧，當初我是如何發想並構思這篇作品。

在寫這篇作品的幾年前，有一天我在追思某個曾經非常照顧我的人（已故）。「即使那位已經過世多年，我還是會像這樣時不時想起呢。反而不太熟的同學（還在世）就完全不會惦念。」這麼一想，「生者與死者的差異，到底是什麼呢？對那些不熟的同學而言，我應該也是比死者還疏遠的存在吧？」腦中一直縈繞著這些疑問，久久無法釋懷。

當時我就想要將這樣的心情寫成小說，數年後恰好有出版社邀我寫短篇小說（而且主題正是「殉情」），我心中暗暗道聲：「讚喔」，開始準備將當時的感觸寫成小說。

首先，我將前述的「感觸」定為小說的「高潮」。上一道料理曾提過，我是屬於「第二類」的創作者，也就是「對角色沒有特別想法，想描寫的是『某種情感』、作品的氛圍或主題」，大多會以「心情」作為短篇小說的高潮，據此來發想故事的情節或架構。

接著思索要如何將這樣的心情寫成故事，主角應該設定為怎樣的人。

打從以前我就非常好奇為何有人可以看得到鬼魂，在那些人眼中，這個世界與死亡又該是什麼模樣？於是，我決定將主角設定為看得見鬼魂的靈異體質。至於小說的氛圍，我想寫成不失幽默、整體而言卻淒美又帶點恐怖的故事，因此將主角設定為青春洋溢的大學生應該比較適合。至於鬼魂，就設定成同為大學生的主角女友吧。

然而此時，我的思路突然卡住。那女友的死因是什麼呢？病死的話，可能需要描寫照護之類的情節，恐怕會偏離我想聚焦的主題。那讓她發生突發事故呢？像是被車撞到之類的……

我決定暫且擱置死因，先思考小說的舞台設定。有個朋友曾住在筑波研究學園城市，所以我造訪過那裡。那是一座人造大都市，就連大學生也必須開車通勤。（光是在校園內移動也很麻煩。對，就是這麼寬闊！）不過開車的話，車程不用太久就能欣賞到豐富的自然美景。

這樣的地點用來作為生者與死者的交界最為合適。因為在這裡必須靠車子移動，女友不幸被車子撞死的設定，就不會不自然。好！就以筑波研究學園城市作為故事的舞台原型。

決定好故事舞台後，靈感便源源不絕地湧出，像是：主角「我」無論在女友生前或死後都經常一起開車兜風、超過一定車速女友的靈體就會承受不住魂飛魄散等，關於故事的設定一一定案。

在腦中發想並構思這些內容，根本花不到五分鐘。翻開我當時寫的靈感筆記，上頭只寫了「英太、紗繪　第一人稱　繁星夜遊」。這算哪門子故事架構啊！而且主角的名字，還跟之後完成的小說不一樣！（構思階段的女友名字是「紗繪」〔SAE〕，實際完成的小說之所以改為「香那」〔KANA〕，是因為我覺得香那的發音聽起來較尖銳，而且有一種悲情感。順帶一提，「我」在小說中則是被大家叫做「阿英」。）

如果是短篇小說，有時也會像這樣無須先擬好故事架構就直接動筆。當然，這僅限於作者腦中已有相當清晰明確的故事發展。

〈繁星夜遊〉的情況是作為高潮的「情感」非常明確，當我想到「超過一定速度靈體就會魂飛魄散」的設定，結尾就已經決定了。故事舞台也是以我實際去過的場所為原型，非常容易想像細節。接下來就是盡量掌握故事的節奏，讓整篇作品剛好達到五十張稿紙的篇幅。因為沒有時間進行詳細說明，接下來我們就直接從開頭第一行看起。

總之，「首先決定『高潮』→設定鋪陳高潮的角色或舞台→更細節的設定接二連三浮現→開始動筆，整篇作品不超出預定的稿紙張數」，我就是依照此一順序來發想整篇故事，在腦中構思整篇小說的架構。

這是〈繁星夜遊〉開頭的第一句：

我真的很粗心，過了好一陣子才發現原來香那已經死了。

就是這麼直接，但我沒有提及香那成了鬼魂。「什麼？這是怎麼一回事？所以名叫香那的女孩接下來會死嗎？」我想，開頭這句話應該可以引發讀者的興趣。（對吧？）

接下來描寫「我」與香那（鬼魂）的生活，還有周遭的人事物，在第三十張稿紙左右（已超過全文一半篇幅），我最想描寫的高潮來了。

大多數的人對我而言都是不曾見過面，也不知道名字的陌生人，就算在路上遇到，彼此就像鬼魂一般，看也不看對方一眼，就此擦身而過。對他們而言我就等於是死人，對我而言他們也等於是死人。我心裡這麼想著，俯瞰夜晚的城市，彷彿自己置身於另一個世界。

劇情發展就此急轉直下，一口氣朝結尾直奔而去。兩人之間開始產生嫌隙，就在此時，「我」發現香那的靈體無法承受時速八十公里以上的車速。故事的結尾是這樣：

我對香那殘存的「喜歡」，之後會越來越淡薄吧。等我對她的感情消失，香那應該就會從這個世界完全消失。即使希望那一天能早點到來，但至少在我的心不再為她跳動之前，我仍希望她能陪在我身邊，心中這麼想著，開車奔馳在星空之下。

如何？各位現在應該可以理解短篇小說的架構就是依循此一步驟寫成：「開頭（為了減少說明的篇幅，以洗練的手法將讀者帶入作品世界）→高潮（故事情節急轉直下的部分、主角情感最高漲的部分，在篇幅過半之後出現）→結尾（醞釀餘韻，或是讓人拍手喝彩的俐落收尾）」。因為我是以自己的作品來說明，也許有人會吐槽我說：「即使照著步驟按部就班地寫，也不保證一定能寫出好作品呢」，在下著實沒臉見人。不過，這世上還是有許多出色的短篇小說，請大家多多研究喔。

當然，刻意不採用常規（＝基本）的架構也可以。其實我在寫〈繁星夜遊〉時，構思故事之際並沒有太過在意「常規的寫法該怎麼寫」。不知為什麼，我自然而然地就循著基本架構來寫，說來還真是奇妙呢！也許是因為「高潮在故事篇幅過半的地方出現剛剛好」正是最普遍的敘事節奏吧。

在各位發想短篇小說的內容及架構之際，希望以上分享能幫得上忙。

第五道

人稱（第一人稱篇）

——小心別陷入視野狹隘的盲點

好，架構已經決定了。要寫怎樣的故事，大致的思路也已經理順。接下來要鑽研的應該就是「人稱」吧。

當然，其他需要斟酌的細節還有很多，像是：「想寫出充滿魅力的角色，該如何設定才好？」不過關於出場人物的設定（個性與台詞），老實說很吃個人的喜好。

即使作者在寫作時充滿自信，覺得「嘿嘿！這樣的主角讀者一定會喜歡！」也無法保證一定能夠得到所有讀者的認同。「矮額，這個主角有夠自我中心，超噁！」、「這種咖竟然能受歡迎，該不會要世界末日了吧？」一定還是會出現反對的意見。其實這根本不足為奇，正如全人類都喜愛的人根本就不存在，讀者對角色的喜好與接受度也是因人而異。即使是架空的理想人物，也未必能符合所有人的口味。

從角色的個性與台詞，可以看出作者個人的喜好與感性，而覺得這個角色「好」或「壞」，也取決於讀者的喜好與感性。也就是說，這個部分並非依循理論來寫，就一定能行得通，還真是棘手呢……

回顧自己的寫作生涯，我有信心「這樣的男性（或女性）真的很棒」而塑造出來的角色，有時讀者不一定買帳，讓我再三體認到自己的口味其實挺冷門的，心想：「對不起，我再重頭修練」，真的有夠糗。

相比之下，「『人稱』該如何處理」這個問題比較能用理論來解決。「人稱」算是擬定寫作戰略時的重點（當然，有些天才根本無須擬什麼戰略，他們憑本能就能選出符合自己故事的人稱）。

我認為，事前想清楚「怎樣的人稱比較適合這篇小說」再動筆，能讓故事與角色發揮得更淋漓盡致。而個人的喜好與感性占比較重的「角色魅力」，也能透過符合邏輯的「人稱」選擇，來為其增色。

以下是我對「人稱特徵」的看法，提供給各位參考。

何謂「第一人稱」？

就是由「我」或「俺」擔任敘事者，站在某單一人物的視角來敘說故事。

我覺得第一人稱比較容易醞釀出鄉愁或抒情的氛圍。如果故事是回首過往這類主題，第一人稱就可以發揮極大效果，例如：

> 我想告訴大家自己十七歲那年夏天的經歷。今後無論我再活幾年，應該不會再有機會擁有那樣充滿閃閃發亮的悸動及喜悅，

又帶著些微疼痛的體驗，這是那一年夏天發生的事情。

第一人稱的缺點在於：只能從一人的視角來描述故事，無可避免一定會陷入視野狹隘的問題，故事容易產生封閉感，給讀者「此敘事者似乎太過偏頗」的感覺。

說到「視野狹隘」的問題，最具代表性的例子就是：第一人稱基本上很難用來描寫敘事者的外表。

關於這個問題，投稿作品中最常見的處理方法是「第一人稱的敘事者在照鏡子時順便說明自己的外表」。不過，採取這樣的寫法必須做好心理準備，因為可能會被讀者吐槽：「你到底是在對誰說明自己的外表啊？根本沒人問你長怎樣好嗎？有誰會在每天早上洗臉照鏡子時，在腦中詳細說明自己的外表是『蒼白到近乎病態的膚色、湖水般湛藍的眼睛、遺傳自母親的一頭金髮』。你倒是說說哪個正常人會這樣？」

第一人稱小說必須說明敘事者的外表時，我所能想到最好的解決方法，就是「由敘事者以外的其他人，以敘事者的外表作為話題，來描寫敘事者如何回答，以及本人當時心中的想法」。

「我說妳啊，臉色怎麼總是這麼蒼白。妳有好好吃早餐嗎？」

「煩耶！我每天早上都吃三大碗飯好嗎？」

「這樣就好。算了，換個角度來看，白皮膚比較襯藍眼睛，妳今天也很漂亮呢！」

「去死！少在那邊假鬼假怪！」

「真是的，我說妳的頭髮也太毛躁了吧！要不要我幫妳整理一下。我妹的頭髮每天早上都是我綁的，我很會綁頭髮喔！」

我跟安迪這樣脣槍舌戰不知幾百遍了，這一次同樣以我的冷酷無視來畫上休止符。我悄悄嘆口氣。這一頭討厭的金髮，酷似我那任性離家出走的母親。我不希望讓安迪摸到這頭猶如曬乾稻草的頭髮。如果我能像凱蒂那樣，擁有一頭黑亮秀髮就好了。

舉例的話，大致是這樣的感覺。（作者註：凱蒂是安迪妹妹的名字。）

這個例子也許算不上「最好的解決方法」，不過各位應該可以理解，如果不花費相當的「工夫」（＝細節的鋪陳），很難自然地描述敘事者的外表。第一人稱的寫法其實限制頗多。

雖說如此，缺點和優點往往是一體兩面。比方說，作者如果想在小說裡設下敘事圈套，大多會選擇第一人稱。這算是反過來利用「敘述範圍（視野）狹窄」這個缺點的戰略吧。選擇第一人稱的話，敘事者即使不說自己不想說的事（＝刻意隱瞞某些資訊），故事還是能夠繼續進行。

那麼，如果想打破第一人稱特有的封閉感，擴展敘事的範圍（視野），該怎麼做才好呢？採取「A的第一人稱↓B的第一人稱↓C的第一人稱」這種每一章都轉換敘事者的寫法，不失為一種解決方法。

不過，這樣一來就不是長篇小說，而是連作◆，這樣的寫法要求同一篇小說中各個角色的切換必須層次分明，如果有「A、B、C」三個角色，一篇小說就需要三種不同的敘事方式及語氣。

就這一點而言，缺點和優點的確是一體的兩面。選擇第一人稱，「只要夠入戲就贏了」。不僅可以深入角色的內在進行描寫，也能夠藉由敘事口吻讓該角色的性格躍然紙上。

透過單一人物的視角及敘事來展開故事，要求該角色必須擁有吸引讀者、引領讀者進入故事世界的強大力量。在寫作時充分入戲，讓自己完全進入第一人稱的角色，讀者對敘事者的共鳴也會更高，更能沉浸在故事中的世界。

基本上我比較偏好以「較少的出場人物」來描寫「纖細而細微的心

◆「連作」指作者圍繞著同一主題或相關主題而創作的一系列作品，每篇作品都是「串聯」在一起的，例如以某種時空背景、人物設定為共同點，或架構出某種程度的關聯性。

情，或各個角色之間微妙的關係」，所以寫「短篇或中篇小說（頂多一百張稿紙左右）」時，大多會選擇第一人稱。

不過，超過五百張稿紙的長篇小說，要在不轉換視角人物的狀態下維持第一人稱的敘事，雖說不是不可能，但倘若事前沒有擬定詳細的戰略，第一人稱可能會成為頗為困難（難寫）的選擇。

理由先前已經說明：「第一人稱敘事者能夠敘說的範圍（視野）非常狹窄。」、「想克服視野狹隘的問題，需要花費很大的工夫。」，以及「雖然可以深入敘事者的內在，引發讀者對該角色的共鳴；相反的，也容易產生封閉感，導致讀者覺得『這個敘事者說話未免過於偏頗』，長達五百張稿紙的長篇小說可能會變成令人無法喘息的故事。」

第一人稱最大的難處在於，讀者容易產生以下的疑問：「這個敘事者的對象到底是誰、為了什麼理由、又為何能夠如此流暢地說故事呢？」

要克服這個疑問，我能想到的解決方法有三個：

一、無視這個疑問（＝接受這就是小說的技法，亦是「約定俗成的做法」，無須太過深究）。

二、採取「書信」、「手記」、「某種告白」等形式，當作是寫給某人，或是對某人敘說的內容。

三、嘗試前述兩種做法以外的新方法。↑但本人目前還沒想到，抱歉。

哎呀，這一道菜的篇幅已經超過預定的稿紙張數了。明明在第二道料理中擺出專家的架子，要求大家「務必掌握張數的書寫份量」，自己卻做不到，真是慚愧。

關於「第三人稱」，我們就等下一道料理再談吧。什麼？你問我「第二人稱」怎麼辦？因為用的人很少，在此就先Pass吧。（未免也太隨便了！）

第六道

人稱（第三人稱篇）

——想太多反而會掉進地獄，陷入萬劫不復

大致談過「第一人稱」後，這道料理要跟各位大概討論一下「第三人稱」。

只是大概討論就夠了嗎？夠啦（自問自答）。關於人稱的問題，如果太鑽牛角尖，我可能會忍不住「呀！」地放聲尖叫，什麼都寫不下去。因為一旦在意起「不管選哪一種人稱，小說的敘事都難免人工而不夠自然」的問題，根本就沒完沒了。

你說，變成蟲的人會以第一人稱說：「一早醒來，我發現自己變成

一隻蟲子。」像這樣用冷靜的口吻對人說明自身的狀況嗎？現實中哪可能有這種事？喂！你現在面臨的可是前所未有的大危機耶！現在不是對人說明這件事的時候吧！很有可能會招來這樣的吐槽。

即使選擇第三人稱，仍舊存在同樣的問題。假設我（三浦）在現在這個瞬間變成一隻蟲子，「一早醒來，三浦發現自己變成一隻蟲子。」在一旁解說的你到底又是何方神聖啊？如果你真的正在某處盯著我，現在不是對旁人說明的時候吧！難道不該先來救我嗎？也有可能會招來這樣的吐槽。

即使下再多工夫試圖營造自然的感覺，小說的敘事本就無法擺脫人為斧鑿的宿命。無論選擇第一人稱或第三人稱，都會讓人覺得「哪裡怪怪的」。

所以我才說過於在意人稱的問題會沒完沒了，不管怎麼寫都會覺得怪，結果導致小說寫不下去。即使如此，掌握各種人稱的特色及優點，選擇最適合你想寫小說的人稱，還是非常重要。那……該怎麼辦才好呢？不如就順其自然，在你忍不住想「呀！」地放聲尖叫之前，適時停止思考。不過，這部分的火候真的很難掌握呢。抱歉，是我強人所難了。

那麼，接下來我們就針對第三人稱大致討論一下吧！

何謂「第三人稱」？

就是像「A男他……」或「三浦她……」這樣，完全置身於角色之外，從客觀（一般認為如此）的角度來講述故事。第三人稱大致上可以分為「單一視角」和「多視角」兩種。現代小說（尤其是娛樂小說◆）中主流的第三人稱，大多是單一視角。

「第三人稱單一視角」的敘事方式如下：

A男踩著微醺的步伐走在深夜的路上，感覺到似乎有人尾隨在

◆日語為エンターテインメント小說，相對於重視藝術性的純文學作品，娛樂小說以一般大眾為對象，為重視娛樂性、易讀性的文學或小說之總稱，又稱大眾文學、大眾小說，或通俗文學、通俗小說。

自己身後，他停止吹口哨。然後裝作若無其事地加快腳步，同時豎起耳朵。果然不是錯覺。背後傳來腳步聲。A男忍不住加快腳步。背後的腳步聲也同樣加快節奏。A男下定決心轉過身去查看。路燈照不到的暗處，站著一個男人。從身形來看，他知道那人是B男。B男似乎朝著他咧嘴一笑。

這是將攝影機的鏡頭鎖定在A男這個單一人物身上的敘事方法。基本上只能描寫A男眼中看到的事物，得以斷定描述的也只有A男一人的心情。

請注意這句話「B男似乎朝著他咧嘴一笑。」因為攝影機的鏡頭鎖定在A男，所以他無法斷定B男是否真的在笑。也因為B男站在暗處，A男無法看清楚他臉上的細微表情。

第三人稱單一視角的缺點在於：讀者容易產生「這跟第一人稱有什

麼不一樣？」的疑問，即使將主詞「A男」改成「俺」，也沒有太大差別。

優點則是「比起第一人稱，讀者比較容易分辨視角的切換」。採用第一人稱的話，假設第一章的敘事者是「俺」，第二章則換成另一個人「我」，視角切換的時候可能會引發讀者混亂，不知「現在說話的到底是『俺』還是『我』？到底是哪位啊？」為了防止這樣的混亂發生，可能要在「俺」的章節加上朋友呼喚敘事者「喂——三浦——」的場面，在「我」的章節加上老師在課堂點名的場面，類似「下一位，松浦同學。換你回答問題。」結果反而要花上更多的工夫。

如果是第三人稱單一視角，就沒有這樣的問題。第一章用「三浦她」，第二章用「松浦他」，讀者一看就能理解視角已經切換了。

此外，由於是第三人稱，攝影機的鏡頭突然離開A男，採取俯瞰或遠景的描寫也在容許範圍之內。舉例來說，在剛才的例文最後加上這一行文字：

即使加上這一句，也不會太突兀吧。不過，如果將「A男」全部替換成「俺」、改為第一人稱的話，最後再加上這一句，讀者可能會質疑：「為什麼『俺』要突然做出類似旁白的發言呢？而且，為何『俺』可以斷定『沒有人看到』呢？」

第三人稱單一視角的敘事跟第一人稱極為類似，但描寫範圍比第一人稱還要廣。而且，前者具備了後者的優點，也很適合用來深入描寫角色的內心。基本上，這個視角的限制在於：能夠斷定描寫的只有攝影機鎖定的角色（＝例文中的A男）及其心情。

由於第三人稱單一視角兼具第一人稱與第三人稱兩者之長，許多小說都採用這樣的視角。我自己在寫長篇小說時，也大多選擇第三人稱單一視角。

如果是「第三人稱多視角」的話，敘事方式就會不一樣：

A男踩著微醺的步伐走在深夜的路上，感覺到似乎有人尾隨在自己身後，他停止吹口哨。然後裝作若無其事地加快腳步，同時豎起耳朵。果然不是錯覺。背後傳來腳步聲。A男忍不住加快腳步。察覺到A男已經發現自己在跟蹤，B男連忙加快腳步。看到下定決心轉過身查看的A男，B男咧嘴一笑。因為B男站在路燈照不到的暗處，A男只能從對方的身影推測「那個人應該是B男吧？」即使看不清楚，他依然能感覺到對方笑中滿滿的惡意。

攝影機的鏡頭並沒有鎖定在特定角色身上，無論是A男的心情或他眼中的光景，還是B男的心情及他眼中的光景，都可以不受限制地描寫

（這種敘事技法又稱為「上帝視角」）。

此時，在最後加上這一句：

沒有人看到在住宅區路上對峙的兩個男人。

也不會覺得突兀。

第三人稱多視角的缺點在於：「A男」和「B男」這類主詞容易過多，文風顯得不夠洗練。第三人稱單一視角之所以會成為近來的主流，理由在於選擇第三人稱多視角的話，容易因為視角的轉換而引發讀者的混亂。

不過，不久以前（雖說如此，也已經是大正或昭和時期……）的小說，第三人稱多視角的寫法似乎很常見。而且還會出現「雖說筆者也很能體會A男的心情，在此先擱筆不提。話說，此前筆者前往銀座之際……」這種奇妙的敘事，作者突然跳出來搶鏡頭是怎樣，還在小說中聊起跟情節完全不相關的事，真是奔放不羈呢！不過，如此奔放的文風其實是我的菜，所以我偶爾也會採用第三人稱多視角來寫作。

第三人稱多視角的優點在於：描寫的範圍極其寬廣，自由程度可以用「奔放」二字來形容。既能將攝影機的鏡頭拉遠，又可以拉近深入各角色的內心，完全不受限制。我也想練習多用第三人稱多視角來寫小說，進行各種不同的嘗試。

無論是單一視角或多視角，第三人稱最令人擔心的問題，其實跟第一人稱相同，就是「這篇小說的敘事者到底是誰？到底是在對誰說故事呢？」

如果第三人稱小說是透過「將攝影機的鏡頭固定在A男（單一視角）」或「以上帝之眼看書中眾生（多視角）」來敘說故事。那麼，「攝影機的鏡頭」究竟是誰的「眼睛」呢？是出場人物的背後靈嗎？還是上帝？抑或是作者？這個人又為何要如此親切地對讀者（？）進行如此詳細的說明和描寫，娓娓道來整個故事呢？

要克服這個疑問，我能想到的解決方法有三個：

一、無視這個疑問（＝接受這就是小說的技法，亦是「約定俗成的做法」，無須太過深究）。

二、在某個階段公開誰是掌鏡人（＝「A男回想往事，以第三人稱寫的故事，其實就是這篇小說」、「說這個故事的人其實就是上帝」等等）。

三、嘗試前述兩種做法以外的新方法。↑但本人目前還沒想到，抱歉。

各位現在是不是忍不住想「呀！」地放聲尖叫呢？還忍得住嗎？我是已經不行了啦。呀——！

可惡的「人稱」，關於你這傢伙的討論，我決定到此為止！

清口時間・其一

落落長的藉口

目前為止，我自認很認真地分享了小說的寫作訣竅（還是我自作多情）。正如各位所料，接下來我會開始給一些「因人而異」的建議。「因人而異」這個理由，真的非常適合用來為自己懶得思考辯解。再加上從我開始沉迷於某系列電影，現在滿腦子都是那電影的事，有時可能無法控制自己，甚至需要各位反過來給我一些人生建議。嘿嘿，準備發抖了嗎？

話說，我覺得沉迷於某一件事，真心愉快至極！寫小說時容易宅在家裡不出門，因此轉換心情格外重要。各位也不要把自己逼太緊，我認為適度的勞逸結合，能夠激發更多創作欲……你們發現了嗎？這段話其實是我在幫自己的偷懶找藉口。但也的確是事實沒錯啦。總之，各位千萬別把自己逼過頭喔！

還有，寫作方式因人而異也是真的，寫小說時不必過度拘泥於規定，以適合自己的方式去寫就好。不過，這並不等於叫你「只憑感性、感覺，不顧一切卯起來寫」，因為有些技巧或理論對於小說創作確實有益。希望各位在閱讀本書時，也能兼顧感性與理論的完美平衡。

第七道

空行（前篇）
——換氣要適可而止

唉……感覺好像沒什麼建議可以給各位了！畢竟我本來就不擅長邏輯思考，一直以來又是隨心所欲地寫小說，愛怎麼寫就怎麼寫。像我這樣的人，竟然要向別人建議「小說寫作的注意事項」，簡直惶恐至極啊。

正當我的全餐料理（？）早早面臨缺哏危機之際，本書的責任編輯雪中送炭，給我送來這個主題：「關於『空行』，是否有需要注意的地方？」

大哉問！這一點很重要！我在拜讀投稿作品時，對這個問題也頗為在意，第七道料理就來跟各位聊聊「空行的規則」吧。

近幾年，我在「Cobalt短篇小說新人獎」的決賽作品中，經常有此疑問：「空行的位置與規則似乎有點奇怪？」各位寫小說時，會在怎樣的情況下空行呢？

小說創作（包括所有創作在內）有各式各樣的「規則」，例如：故事發展的公式（pattern）、人物性格設定的定律（「乍看之下完美無瑕的主角，其實有一個致命的弱點」之類的反差）等，可以說是故事創作的基礎。哆啦A夢就是最具代表性的例子，他可以從百寶袋拿出各種神奇道具，卻非常懼怕老鼠。活用這樣的反差原則，就能讓故事的發展更引人入勝。

而且，不僅「故事情節的發展」或「人物的性格設定」有規則可循，「小說的寫作格式」也有一定程度的規定。例如，「想為這一行文字增添餘韻或言外之意」的時候，一般都會採用這樣的標點符號：

是這樣啊……

倘若標點符號這樣用的話，雖然還是能猜到作者想傳達的意思，但根據標點符號的使用常規，此時應該用的是「兩個刪節號（……）」，而非「三個中黑點（・）」。

不過，這還算是小事。寫小說時遵守正規的標點符號用法固然很好，但真的不小心搞錯，校樣時還是會修正過來，無須過於擔心。

不知該如何用電腦打出「……」的人，先用「・・・」也無妨。雖然可能會給評審委員「這個人應該不太習慣寫小說」的印象，但你絕對不會因為這個原因而落選。

而且，還有一條寫作規則比「……」更重要，那就是空行。能否將空行運用自如，足以影響整篇小說的優劣。

我在近年的投稿作品中較常看到的問題，就是空行的濫用。我想，這個現象應該與現代人在網路上讀寫文章的機會增加有關。

的確，網路上的文章寫太長會不好閱讀。因此，現代人傾向在文章裡頻繁地空行。不過，以紙本書形式閱讀的小說，空行的使用最好控制在最小限度內。如此才能讓空行發揮最大的效果。

那麼，空行應該在怎樣的狀況下使用呢？個人認為以下狀況適合插入空行：

一、敘事者（視角）改變的時候。
二、場景轉換的時候（＝空行前後有一定程度的時間跳躍等）。

不過，以上的建議用法並非絕對，有時即使敘事者已經轉換，或出現時間的跳躍，我也會刻意不空行。這麼做的用意在於，當讀者在文字森林中迷路的同時，也會在不知不覺中被拉進作品的世界裡。而且，「我要寫出不靠空行，也能讓讀者清楚知道『現在的敘事者是誰？』、『時間是否發生跳躍？』的文章！」寫作時若沒有這樣的覺悟與氣概，就無法真正鍛鍊自己的寫作能力。只在關鍵局面有效地使用空行，絕對能讓你的小說更生動，更容易將你想表達的訊息傳達給讀者。

以游泳來比喻的話，空行就等於是「換氣」。我們都知道，游泳選手在比賽時並不會頻繁換氣。因為他們具備了極高的泳力（游泳能力），也非常熟悉游泳，減少換氣的頻率反而有助於游得更快。

寫文章也是同樣的道理。不過度依賴空行，不但可以鍛鍊筆力，還能培養思考「怎麼寫才能更容易傳達想法」的習慣。以此為基礎，只在絕佳時機使用空行，效果就會倍增。

請各位務必節制空行的使用，藉此訓練你的「文章肺活量」。

在下一道料理，我們將更具體地探討空行的使用。

第八道

空行（後篇）
——貼心也要適可而止

上一道提到，空行的使用目的主要是：

一、讓讀者明白敘事者（視角）已改變。
二、讓讀者明白場景已轉換（或經過一段時間）。

只在必要的最小限度內使用，是空行的「基本使用規則」。

不過，我在投稿作品中經常看到不是空一行，而是空兩行或三行，或空兩行跟空三行混用的狀況。

「同時使用空兩行跟空三行，這樣的用法是否隱藏了作者的深意？」為了看懂作者的意圖，我睜大眼睛細看，試圖找出這些空行背後的意圖及規律，卻怎麼也看不出來。什麼嘛！這作者只是憑當下感覺，隨意空兩行或空三行而已吧！不過如此自由奔放的空法，我個人其實還挺欣賞的啦。

雖說如此，最好還是遵守小說的寫作格式，不要毫無意義地「空兩行」或「空兩行跟空三行混用」。空行的基本規則是「空一行」。除了文章的精準度之外，希望各位在寫作時能一併考量包含「該在什麼情況下使用空行」在內的寫作規則，並統一用法。務必以最嚴謹的態度來面對你的作品。

當然，如果你是基於某種意圖，刻意選擇對作品最有效果的做法，要空幾行都無妨。不過，千萬別基於「空三行更能強調作品的餘韻」這樣的理由，過度地依賴空行。一部作品的餘韻應該來自文章本身，而非空行。想靠空行作弊，就好比運動員使用禁藥來提高比賽表現那般，不僅會招致失敗，還對身體有害。

這裡的「對身體有害」當然是比喻，指的是「文章的精準度遲遲無法提升」。刻意忽略這個事實，想靠增加空行來作弊，可能會害你陷入禁藥地獄，就此萬劫不復。各位，我們都要小心別犯這個錯喔！

不過，即使遵守「空一行」的基本規則，頻繁地到處空行也沒有意義。因為空行原本具備的效果，會因為濫用而大打折扣。

依在下看來，投稿作品中經常看到的空行濫用問題，大致可分為以下幾種類型：

一、毫無規則，單憑感覺頻繁地空行。

二、在「想要強調的句子」前後空行。

三、對話或場景每告一段落就空行（敘事者明明沒有切換，而且作品中的時間也沒經過太久）。

「類型二」大多源自作者缺乏自信，覺得「不空行的話，讀者可能會看不懂或覺得不好閱讀」（「空行能夠醞釀文章的餘韻」，這種想法正是對自己的文章缺乏自信的表現）。在不安的驅使之下，作者才會在寫作時頻繁地空行。

不過，你大可不必如此不安！請對自己寫的文章更有自信一點！以熱情與客觀眼光寫出來的文章，即使不濫用空行也能打動讀者。

相信你的文章與讀者的理解能力，只在必要時最小限度地使用空行，懷抱著自信一直寫下去。空行過多會導致讀者必須停下來一一思考「空這行的意義何在？」反而打斷了故事閱讀的流暢度。

至於「類型三」的狀況，隨著越來越多人在網路上發表小說，這樣的用法也隨之增加。

上一道料理提過，在網站上發表小說時，空行多一些確實比較方便閱讀。在網站上的文章頻繁使用空行，算是配合媒體的表現方法，因此我不會一概否定。可是，一旦習慣「空行＝換氣」的用法，很可能會削弱你「以文章來一決勝負」的基礎能力，遲遲無法培養出長篇小說所需的文章力、描寫力與架構力。

如果有想強調的句子，無須空行，只須換行即可。其實，你應該致力的是寫出即使不換行也能吸引讀者的精彩句子。況且，小說並非靠一句名句就能成立，必須藉由故事情節的發展與文章的縝密堆疊與鋪陳，才能讓乍看之下不起眼的一行文字煥發光彩，成為打動讀者的精彩名句。體會這個過程也是小說寫作的樂趣之一。

空行的弊害在於：截斷故事的發展，影響閱讀的流暢度。在想強調的句子前後插入空行，反而會讓精彩的句子成為與故事世界隔絕的「乏味標語」。簡直得不償失。

至於「類型三」，個人認為是源自「對自己的文章缺乏自信」以及「想要向讀者強調對話或場景已經告一段落」的想法。出於「『光靠文章可能無法讓讀者知道對話或場景已經告一段落』→『為了強調這一點，就空行吧』」的思考迴路，才會如此頻繁地空行。我說對了嗎？

如果此推測沒錯，那我想要告訴你：「根本無須擔心！」正如我一再強調的，請對自己的文章更有信心一些！

「在這裡空行的話，讀者應該比較容易理解吧。」在寫作的過程中持續思考「該怎麼做，對自己的作品與讀者才是最好的做法？」抱持這樣的態度非常重要，而且值得嘉獎。不過，為了讓讀者更理解自己的作品，把空行當作解決的方法，我認為明顯有誤。

其實，解決方法只有一個：將自己的作品與讀者時刻放在心上，致力於「磨練寫作力」。除此之外，別無他法。

持續地磨練寫作力，自然而然就能掌握空行的最佳時機，藉由最小限度的使用充分發揮其效果，還能鍛鍊寫長篇小說時不至於後繼無力的文章力。

隨著時代的變遷，空行有逐漸增加的傾向。閱讀明治時期的文豪所寫的經典小說，你會發現幾乎沒什麼空行，就連換行也遠比現代小說少很多。但是，作品想傳達給讀者的訊息還是非常明確，而且讀起來津津有味。由此可知，空行並非易讀性、有效傳達訊息的必要條件。

「小說只能靠文章來一決勝負！」我經常提醒自己不能忘記這條基本原則，以免掉入過度依賴空行作弊的陷阱。

第九道

比喻表現
——看起來怪怪的，都是過度熱情惹的禍

這個夏天我全都貢獻給《HiGH&LOW 熱血街頭》（以下簡稱《HiGH&LOW》）系列電影◆了（突然話鋒一轉）。話說，即便如今秋意漸濃，我滿腦子依然只有《HiGH&LOW》，託此系列電影的福，工作遲遲沒有進展。多謝您了，琥珀哥◆！

可能有人會想「琥珀哥是誰？」總之，各位只要知道我現在滿腦子都是「那個」就行了。接下來有請各位去觀賞《HiGH&LOW》。只要看過電影，一定就能懂琥珀哥（還有其他角色）有多厲害！

◆由日本天團「放浪兄弟」（EXILE）HIRO領銜策劃的綜合大型原創娛樂企畫，作品橫跨電視劇、電影、音樂專輯、演唱會、漫畫。《HiGH&LOW》系列的參演者包括LDH經紀公司旗

《HiGH&LOW》讓人可以充分感受到創作者熊熊燃燒的熱情，但這部傑作也有許多顛覆常識的地方。

具體來說，此一作品投注了過多「好像在哪裡看過的情節發展與設定」，反而產生了一種「前所未見的無秩序狀態」。也就是說，每一個部分雖然「依循了傳統的戲劇體裁或公式」，但不知是連結各公式之間的橋梁沒有完美發揮其功能，抑或是公式太多超過了電影可承載的程度（這部分太過複雜，目前我還無法理清頭緒，不好意思啊），因此出現不少讓人忍不住質疑「蛤？為什麼?!」的情節發展與時序破綻，角色的言行也有諸多令人無法理解之處。

因此，無論重看幾遍（沒錯！我看了N遍），「這些人為何要進行如此大規模的鬥毆？」、「結果斯摩基（SMOKY）◘根本不知道雨宮家老大的行蹤嗎？」、「琥珀哥帶著重要的USB，究竟在國外（所以，是哪一國？）做什麼呢？」……諸如此類的疑問猶如永不枯竭的湧泉，不斷地汩汩湧

下的藝人，以及多位知名演員，卡司相當豪華。

◈ 琥珀是《HiGH&LOW》主角之一，扮演者是「放浪兄弟」成員AKIRA，本名黑澤良平，日本的舞者、演員，名模林志玲的丈夫，在台灣有「國民姊夫」之稱。

◘ 劇中要角，由窪田正孝飾演。

出。

可是，這些小瑕疵怎樣都無所謂！雖然就劇本創作的常識來看，確實有許多無法忽視的漏洞或矛盾，但常識什麼的全都是大〇（〇便）！因為《HiGH&LOW》滿滿的熱情與亮點，直接爆擊觀眾的大腦和心臟最深處。真是太優秀了！「這樣故事的架構會有破綻……」、「這裡的伏筆應該再處理得謹慎一點，才不會被觀眾吐槽……」比起追究這類枝微末節的缺點，創作上還有更多值得優先重視的事情——《HiGH&LOW》系列讓我重新體認到這個道理。

目前為止端出的料理，全是我個人對「小說寫作的規則」的想法與建議，但《HiGH&LOW》讓我重新反省：這些規則是否沒有意義？對於夢想當小說家的人而言，有沒有可能變成限制他們的阻礙？我擔心自己過度強調的「規則」，反而會削弱各位在創作之際最重要的熱情。

前面我以「無秩序狀態」來形容《HiGH&LOW》，但此系列電影無論是動作戲或腳本各方面，都集結了頂尖專家的技巧與智慧，「即使呈現無秩序狀態，整部作品卻維持了一種巧妙的平衡」。電影素人若妄想單憑一腔熱情拍出《HiGH&LOW》那樣的作品，結果一定慘不忍睹。

「如何維持熱情與技術、技巧之間的平衡點？」（根據作品或作者的風格，支點的位置也不一樣。）在思考這個問題之際，《HiGH&LOW》堪稱值得學習的有趣案例。個人認為，《HiGH&LOW》的工作人員深諳各種戲劇公式，並具備了體現橋段的高超技術及技巧。在我看來，這群人雖然已是專家中的專家，行事卻一點都不含糊，他們懂得如何讓胸中那股無以名狀的熱情得以持續燃燒。（也許就是火勢太過猛烈，才導致作品經常出現無秩序狀態，但這點我也超愛！）

如此想來，在小說創作這件事上，我們可以藉由後天學習來磨練的、不正是「套公式」這類技術或技巧嗎？因為熱情（創作動力或寫作時的嚴謹態度）只能靠個人來維持並持續燃燒。

即便靠熱情發想出很棒的故事或角色設定，想讓腦中的靈感開花結果成為實際的作品，還是必須仰賴技術與技巧。如果無法將靈感化為現實作品，就會心生沮喪，覺得「不管再怎麼寫，都無法寫出想寫的小說。壓力好大啊！寫作一點也不有趣，還是不寫了吧。」當初高漲的熱情終有一天會消退。此外，在維持熱情的同時，摸索出對作品而言最好的平衡點，仍然需要技術與技巧的指引。此處的技術與技巧指的不僅是「文章的技巧」，還包括「故事公式與規則」在內。

倘若每次都必須從零開始發想故事，終究會走到極限，寫不出打動人心的作品。

這麼說可能有人無法理解，其實故事有各式各樣的「公式」（pattern），像是「特定的角色配置」或「當這個情節出現，故事接下來大多會這樣發展」。舉例來說：「在河邊打一架，之後一定會跟對方成為朋友」、「在戰場上提到家人的傢伙接下來一定會領便當」……諸如此類的情節，各位應該看過吧。

建議各位思考這些公式存在的理由，並將其活用在自己的作品中。（當然，故意採取跟公式完全相反的情節發展，效果也很棒！）這麼說可能有人會覺得太便宜行事，但公式不但能省去一一從頭發想的麻煩，還能讓故事的發展更引人入勝。因為這些公式中凝聚了人類長久以來覺得「大快人心」的情緒波動與故事架構，當然要好好利用才不會浪費（尤其是娛樂小說）。

而且，因為採用了公式，為了不讓作品陷入「故事發展過於老套而顯得無聊」的窘況，創作者必須傾注更多的熱情、技術與技巧。由於每一個創作者的熱情、技術與技巧都不相同，此時其獨有的感性、想法及特色都會反映在作品上。

以上是我從《HiGH&LOW》得到的感想。多謝您了，琥珀哥！

回到正題，這盤料理想探討的是「短篇小說的開頭該怎麼寫」以及「小說的比喻表現」。這兩項都非常講究「熱情與技巧之間的平衡點」，本篇的篇幅較長，還請大家再撥一點時間給我。

我在拜讀投稿作品時，偶爾會看到開頭極為厚重，或一開始就用了一堆比喻的作品。不過，這些作品在開頭呈現的熱度與密度，到了後半部往往會越漸稀薄。之所以發生這樣的現象，可能是剛開始創作時氣力與體力都很充足，但隨著集中力逐漸渙散，再加上截稿日期逼近，要維持開頭的熱度與密度也變得愈加困難吧……老實說，「短篇小說的開頭該怎麼寫」與「比喻該怎麼使用才恰當」也是我在日常寫作中經常傷腦筋的問題，看到有同樣煩惱的稿子，我真的很想拍拍對方的肩膀說聲：「我懂你的難處！我超懂啊！」為對方掬一把同情淚。

我在狀態好的時候，聽說就連日常生活中的對話也是比喻連發，簡直就跟呼吸一樣頻繁（但我本人倒是沒有自覺啦），經常被說：「妳很煩耶！」誒誒誒，大家不要這樣嘛！當然，小說裡的比喻也會比平時多很多（但我本人倒是沒有自覺啦），害我也忍不住開始疑神疑鬼起來，擔心會不會有人覺得「這個比喻真爛，超難懂的」。誒誒誒，大家不要這樣啦！

儘管一再提醒自己盡量減少比喻的頻率，卻總是在不知不覺中比喻連發，一發不可收拾！因為比喻就是人家熱情的表現啊！你們這些人難道要我用理性完全壓抑自己的熱情嗎！這種偏執才是奇怪的熱情吧！（結果惱羞成怒。）

大約十五年或更久以前，我曾寫過一本小說《月魚》。有機會的話，各位可以讀讀看這篇作品的開頭（角川文庫有喔！小聲幫自己打書）。行筆至此我突然覺得不妙，睽違十多年後重讀自己當初寫的小說開頭，結果羞個滿臉通紅。

比喻自第三行起就早早出現。然後是第六行，這什麼自以為是的比喻！當然，第七行也是以比喻來回應！你們準備好一起搖滾了嗎？耶！

（咦？這是否也算比喻？我真心覺得自己病得不輕……）

當時的我真的很拚啊！即使沒人誇獎我當時所付出的努力，至少現在的我可以給自己一個愛的抱抱！

但老實說，當初的熱情消退之後，隔一段時間再以客觀的眼光來看，那時的我的確是有點過頭啦。

比喻這種東西，說穿了就是「繞遠路的表現」。運用得當的話，可以誘發詩情、增加想像空間、為描寫帶來多重層次，正面效果極大；連發使用的話，效果就會大打折扣。

小說的開場（尤其是短篇小說）最重要的是帶領讀者進入作品的世界，像我那樣自鳴得意的比喻連發，最好還是不要（嗚嗚嗚，過去的我呀，妳可有聽到……）。不過，這當然只是「基本規則」，倘若你能想出引導讀者進入作品世界的絕佳比喻，當然一定要用啊！

話說，為何我會在小說一開場就比喻連發呢？答案只有一個。因為我無法抑制自己的熱情。簡單來說，就是「太熱血」了。

小說的開場往往容易變得過於厚重。尤其創作者一開始還不習慣寫作時，這樣的問題會更明顯。因為接下來你要將腦中醞釀已久的故事、角色及想法，寫成實際的文章。心裡一定會擔心寫作能否順利，又害怕若不趕快寫下來，難得的靈感可能會就此一閃而逝。最重要的是，心中那股雀躍之情實在很難壓抑呀！而且，要在小說開頭透過描寫、不著痕跡說明的設定實在太多了。

結果就是，開場不是變得太厚重，就是密度過高。關於這一點，我從自身的經驗可以斷言，無論就讀者或作者的角度來看，小說的開場必定會有這樣的傾向。

因為胸中那股熱情過於強烈，當這樣的情感濃縮為文字，就會引發「作品的開場太過厚重」的問題（如果是像我這樣熱愛比喻的作者，還要加上比喻連發的問題）。這麼說似乎是在為自己辯解，但我其實很喜歡這樣的自己。因為，比起缺乏熱情，熱情過剩還是比較好吧。不過，「開場厚重派」非常容易掉進「熱情分配不均，一開始就把能量用盡，導致後半部無以為繼」的陷阱，各位千萬要小心啊！

想要適當地分配熱情的步調，經驗、技術與技巧不可或缺。老實說，我現在還是無法掌握得很好。沒辦法呀，你們這些人難道要我用理性完全壓抑自己的……（以下省略）！

總而言之，訣竅就是不要太過用力！（這個建議未免也太抽象了吧！）就算不刻意出力，寫開場時還是會特別來勁，此時不妨採取拳擊的「移動型打法」，放鬆心情來應戰。不過，一旦出拳力道一定要夠。在放鬆的同時，隨時關注對方的破綻，適時給予強而有力的一擊，這正是移動型打法的奧義。

所謂的「出拳」，說極端一點就是小說開頭的第一行。開頭第一行對短篇小說來說至關重要。「咦？現在是什麼狀況？」若能以雲淡風輕的一行勾起讀者的好奇心，你就等於是贏了。你問我贏了誰？當然是你胸中那難以駕馭的熱情啊！接下來就是跟那股熱情好好配合，以自己的步調完成小說。

啥？你問我怎樣才能想出如此厲害的「開頭第一行」？在下不知啊！知道的話，早就寫出短篇傑作了！

關於如何找出熱情與技術、技巧之間的平衡點，老實說，無論嘗試幾次都很難得到正確的解答。對！這個課題就是如此艱難。相信自己總有一天定能寫出滿意的小說，在那天到來之前，千萬別放棄希望，讓我們一起努力挑戰、多方嘗試吧！

第十道 時間感

——施展「時間的魔法」

上一道料理失去理智而端出調味過重的菜，真是失禮了……不過我的理性目前依然離家出走中，還沒歸位喔。

各位，你們看過電影《HiGH&LOW 熱血街頭電影版3：終極任務》了嗎？我想，世界上應該沒有人類還沒看過吧。

啊……有人還沒看嗎？也是啦，全體人類都看過的電影，在歷史上應該不存在吧。正因為每個人的喜好和興趣都不相同，所以我才會喜歡包含電影在內的各類創作，應該說，我最愛的是人類的多樣性。每個人的喜好如果都一樣，未免也太無聊了吧。

嗯，基於這樣（是哪樣啦？）的理由，即使有人說：「我沒看」，我還是決定忠於自己的欲望跟大家聊聊《HiGH&LOW 電影版3》（以下就此簡稱）。不是我在說，這部電影就許多層面來說，真的有夠厲害！而且讓我再次體認到「我真的超愛這系列電影」。

看完上一部作品《HiGH&LOW 熱血街頭電影版2：天空的盡頭》之後，關於「《HiGH&LOW 電影版3》會有怎樣的發展？」我還自行預測了劇情走向。後來等《HiGH&LOW 電影版3》的簡介和預告片公布，看到破壞力超強的一幕幕畫面，我跟同為《HiGH&LOW》粉絲的朋友簡直激動翻天，至今還記憶猶新呢！

簡介跟預告片都已在《HiGH&LOW》系列電影的官網上公布，各位有機會的話一定要看喔！◆

作為三部曲的最後一部，主角群竟然還肩負了「找出揭發政府惡行

◆《HiGH&LOW電影版3》於作者專欄連載時尚未上映，因內文需要，成書時保留此時間序。

的『三大證據』」這種前所未聞的重大任務。架構未免也太大膽了吧！這樣的劇情，兩小時左右的片長真的演得完嗎？更別說「政府主導的無名街爆破儀式」這句連大腦都拒絕理解的必殺文案。到底是怎樣的爛政府啊？順帶一提，所謂的「無名街」，其實是緊鄰普通商店街的貧民區。不過，《HiGH&LOW》系列可不是什麼奇幻電影，故事舞台就是安東尼奧・豬木◈跟北野武所在的現代日本。只能說真是太酷了！

話說，我至今看過包括《HiGH&LOW 電影版2》在內的所有系列作品，還有目前已公布的《HiGH&LOW 電影版3》簡介與預告片，針對「第三部的劇情發展」進行了以下的預測。

首先，在《HiGH&LOW 電影版2》中遭到狙擊的雨宮家老三◈是生是死。想到這家兄弟以往的經歷，無論讓哪一個領便當我都不忍心啊！此時，按照一般常見的公式，他的胸口口袋裡應該裝了什麼硬物，因此撿回一條命。比如說……《聖經》之類的。不過，即使無視「《聖經》

◈日本傳奇職業摔角選手及綜合格鬥家，是日本人心中的「摔角之神」，本名為豬木寬至。

◈劇中名字為雨宮廣斗，由登坂廣臣飾演。

裝得進胸前口袋嗎？」這個疑問，依舊有一個不容忽視的問題，那就是雨宮兄弟早已丟掉《聖經》了◘（對！各個角色專屬的主題曲我都仔細聽過了）。

這樣的話，老三該用什麼來擋子彈呢……對了！之前死掉的雨宮家老大◇不是有一個月牙形狀的吊墜嗎？其實老三一直將那個吊墜貼身收在胸口的口袋裡，以此紀念已故的大哥。如何？雖說那個吊墜跟乳酪一樣上面有許多洞，而且老三被狙擊時身上穿的騎士風夾克胸口處，似乎沒有口袋……不管啦！總之，大哥遺留下來的吊墜擋住子彈，老三因此撿回一條小命。就這麼決定了！

另一方面，被九龍集團（黑道組織）抓住的眼鏡蛇（COBRA，劇中角色）◙雖然被灌下水泥（請參照電影預告片），但我覺得如果是眼鏡蛇，就算水泥也挺得住。眼鏡蛇的外表雖然看不出來，其實腸胃超強的。

但血肉之軀的人類喝下水泥真的沒問題嗎？我想可能有觀眾會擔心這一點，在此我又加上了一道保險。

◘ 雨宮兄弟的主題曲〈SIN〉中，第一句歌詞即是「如果上帝知道我們丟掉無聊的《聖經》，不知祂作何感想？」

◇ 劇中名字為雨宮尊龍，由齋藤工飾演。

◙ 岩田剛典飾演。

同一時間，琥珀哥跟九十九◆（兩者都是劇中角色）為了襲擊九龍集團，正在奮力捏飯糰做準備。

「聽說肚子餓就沒辦法打仗。」

「無所謂啦，但我們已經捏了好幾百個了耶，琥珀哥。老子的手都開始麻了。」

因為兩人的握力合計有八百公斤，捏好的飯糰就跟沒烤過的麻糬一樣硬。琥珀哥跟九十九扛著五百五十個硬梆梆的飯糰突擊九龍集團。兩人發現眼鏡蛇之後，送上飯糰給被灌了水泥的他換個口味。沒想到水泥和手工飯糰在眼鏡蛇體內產生了良好的化學作用，腸胃不適竟不藥而癒。好！這麼一來，「眼鏡蛇被灌水泥問題」就此圓滿解決。處於絕佳狀態的眼鏡蛇、琥珀哥、九十九三人大展身手，大破九龍集團。

那麼，「政府主導的無名街爆破儀式」該怎麼辦……恕在下無能，這個問題真的超出我的想像力太多了。

◆青柳翔飾演，「劇團EXILE」的成員之一。

總之，因為爆破的衝擊波過強，SWORD地區（主角們居住的區域名）被炸成一座孤島，這個點子如何？然後，孤島漂向大海，展開全新的旅程，就像電影《地下社會》（*Underground*，艾米爾・庫斯杜力卡〔Emir Kusturica〕執導）的最後一幕。或是像補陀落渡海◈那般，SWORD島載著主角們，消失在夕陽下的彼方。

讚！這就是獨一無二的結局！多美啊！

想當然耳，《HiGH&LOW電影版3》的實際劇情當然跟我的預測完全不同。故事的發展輕輕鬆鬆就超越我那想像力貧瘠的猜測……！而個人一直覺得很謎的點（「SWORD地區中央的空白地帶到底是什麼？皇居嗎？」）也真相大白，算是我非常滿意的大團圓結局。觀影過後，我最深刻的感想就是「公正的新聞報導真的很重要」。電影裡的記者不是一直在睡覺就是全都死光了吧？《HiGH&LOW》世界裡的記者根本就是一群廢物！不過，這一點也能當成給現實社會的警告。「為有權有勢人士擦屁股的

◈日本中世時代「捨身行」的型態之一。修行僧為追求南海彼方的觀音淨土，在艙房內裝進三十天份的燈油及糧食，讓渡海船隨著海流漂走，渡海僧在微弱的燈火下誦經，等食糧用盡後餓死或溺死。

傢伙，根本沒資格稱之為『記者』！」感覺琥珀哥就會義憤填膺地說出這句話。記者們能否不依附於權力者、不被收買，進行公平公正的報導，而身為市民的我們是否支持這樣的公正媒體，是現代社會的重要課題。這是我看了電影之後最深刻的感想。

《HiGH&LOW 電影版3》雖然還是有許多讓人想要吐槽的地方，但我認為那就是《HiGH&LOW》的風格（是嗎？），也是《HiGH&LOW》的可愛之處。不過，這系列作品讓我覺得最不自然的就是時間感。應該說，一直以來，我都對此作品世界裡的「時間序」感到疑惑。

這個疑問在《HiGH&LOW 電影版3》達到了最高點，自我心中狂洩而出。（請注意以下有雷！）尤其是政府一直隱瞞的「那個」。「那個」究竟是在幾十年前發生的呢？有鑑於相關人士都還活著，最多不超過五十年吧？當時住在附近的人應該還活著吧？那為什麼從未有人提過關於「那個」的事呢？為什麼到現在都沒有記者去調查？我真心覺得相當不可思議。（我想，可能是因為電影中的記者不是一直在睡覺，就是全都死光了吧？）

《HiGH&LOW》系列除了上述問題之外，作品內的「時間感」也跟我自己的非常不同。話說無限（MUGEN，琥珀創立的重機團體）不是一年前才解散嗎？之後馬上就有五個團體出現群雄割據，在短短一年內爆發各種鬥毆與騷動，這些全都是發生在「當下」的現在進行式嗎？那作品中的時間未免也過得太快，而且事件發生的頻率不會太高嗎?!

不過，每個人對於時間的感覺都不一樣，有時可能會因為事情接二連三地發生，所以覺得某個時期的時間過得飛快。跟我這樣每天得過且過的人相比，《HiGH&LOW》世界中那些天天幹架鬥毆，最後還必須跟政府的陰謀對峙的人們，彼此對時間的體感速度不同也是理所當然的。說不定他們所使用的日曆原本就不同於現實世界的日曆，在《HiGH&LOW》世界裡，一年其實相當於現實世界的一千八百天，我覺得非常有可能。

不過，作品中的時間設定雖然有些怪怪的，依舊是瑕不掩瑜。尤其電影的特徵本就是「時間不斷往前推進」。現在DVD之類產品雖然能按暫停或倒帶（話說，現在沒人說倒帶了吧？）基本上電影裡的動作不會停滯，而是一路往結局奔去（這裡的「動作」指的是故事情節發展、角色的言行、情感的起伏等）。《HiGH&LOW》系列裡的時間頂多是「靜下來仔細思考會覺得有點不太自然」的程度，觀看電影的當下其實根本不會在意。

舞台劇基本上也是同樣的道理。比起電影，舞台劇的「一次性」◆更高，根本無法倒帶回去重看。

像莎士比亞的名作《羅密歐與茱麗葉》，劇中的時間設定也有許多不自然的地方（主要事件竟然全在同一天內發生），這個問題一直以來都有人指出，但觀賞舞台劇時，應該沒有觀眾會細思這些事吧。也許是為了讓觀眾對陷入熱戀的主角產生共鳴，作者周到地計算了角色的情緒起伏，既不能倒退也無法按暫停，劇情只能不斷往前推進，這就是舞台劇的架構。在觀劇的過程中，不給觀眾機會思考「嗯？好像哪裡怪怪的？」一

◆此指劇場表演的每場演出都是絕無僅有的呈現，充滿不確定性，不能NG也無法倒帶重來。

路往最後一幕直奔而去。

相較之下，小說又是如何呢？其實比起電影或舞台劇，我認為小說對時間感的處理更為重要。原因在於，小說裡的時間會頻繁地出現倒退或暫停的情形。此處的「倒退」或「暫停」指的是書中角色回憶過往或內心獨白的場面。

在小說中，頻繁出現主角回憶過往的畫面，或是主角的內心獨白多達十五頁（但作品裡的時間可能只經過一秒），這樣的時間倒退或暫停並不會顯得不自然。因為小說裡的時間本就不一定會往前一直推進。小說的呈現方式本就立基於跟現實世界完全不同的時間感。

正因如此，一旦選錯了與時間有關的詞彙，讀者就會因為覺得「哪裡怪怪的」而出戲。也就是說，維持小說世界的「時間魔法」消失了。因為讀者已經發現小說特有、既能倒退也能暫停的虛擬時間演進「似乎怪怪的」。

在沒有案例的狀況下，這樣說明可能有些難以理解，我來舉個例子說明好了……假設小說中第一人稱視角的「我」，在「現在」的時間點回顧三十年前的往事。

「知道了。那我來查一下炸彈的作法！」
太田說道。
「嗯，麻煩你了。那我就潛入煙火師的住處，借一下火藥。」
我煞有其事地點頭，跟太田揮手道別。
只能說當時的我真是太傻了。如今再怎麼後悔也無濟於事。沒想到那竟是我跟太田最後一次見面。

訣竅是在時間的跳躍之間空一行。就「我」的時間感而言，此時選用「當時」這個詞彙會比「那時」更加合適。藉由空行喘一口氣，將時間軸從與太田的回憶場景，拉回三十年後現在的「我」。為了強調中間三十年的時光飛逝，現在的「我」回憶起前塵往事，選擇距離感較遠的「當時」會比「那時」更適合。

若此處沒有空行，「我」的意識依舊停留在三十年前，此時我就會使用「那時」。

（前略）

我煞有其事地點頭，跟太田揮手道別。

只能說那時的我真是太傻了。沒想到這竟是我跟太田最後一次見面。

寫作時必須留意到，對主要的人稱視角或敘事者而言，敘述的是多久之前發生的事，再依此評估該使用「那時」還是「當時」，細細推敲每個用字遣詞背後的深意，字斟句酌。雖說只是細微之處，但創作者有無在「時間流動／時間感」上面花費心思，將大大地影響到作品中「時間魔法」的效果。

我再舉一個例子，這次以第三人稱單一視角為例：

太田為了翌日的掃墓，決定今晚早早就寢。

依照我個人的喜好，這裡絕對不會寫「為了『明天』的掃墓」。原因在於，敘事採用了太田視角的第三人稱（＝非常接近太田第一人稱的視角），既是第三人稱，就必須保有某種程度的客觀性（攝影機的鏡頭拉遠），以描寫來說明。倘若這裡使用的不是「翌日」而是「明天」，感覺似乎太偏太田的主觀。

另外，太田所在的「當下時間」是「今晚」。如果在描寫時使用「明天」這個代表太田主觀時間的詞彙，我擔心會引發讀者的混亂而疑惑「所以現在到底是明天還是今晚？」因此，我選了語感較客觀的「翌日」。

順帶一提，小說敘事如果是太田的第一人稱，我就會這麼寫：

我為了明天的掃墓，決定早早就寢。

由於這是相當微妙的差異，而且讀者跟作者的時間感也可能不同，其實沒有所謂的絕對法則或正確答案……不過我還是認為，有自覺地慎選與「時間流動／時間感」相關的詞彙，盡可能斟酌用字，是小說寫作應該注意的重點。

第十一道

台詞（前篇）
——把自己當成愛打聽的歐巴桑

目前為止，與各位分享了「推敲」、「張數份量掌握」、「架構」、「人稱」、「空行」、「比喻表現」（其實主要都在講《HiGH&LOW》）、「時態．時間感」（其實主要都在講《HiGH&LOW》），還有其他小說寫作要注意的事項嗎……感覺似乎還有很多，偏偏要是叫我用理論或邏輯去思考，我馬上就會舉白旗投降「呀！辦不到！」，完全想不出來要寫什麼了啦。

比方說，「台詞」或「描寫」雖說也是小說寫作的重點，但這部分往往取決於角色性格及作品風格，無法一概而論地告訴你：「這樣寫比較好！」最重要的是，作者個人的感性、喜好、文字調性等要素在這方面占了極大的比重。即使有人建議你「這樣寫寫看」，也很難馬上就修正或反映在作品上。這是我從親身經驗中學到的事。

關於台詞和描寫，只能靠自己去發現自身的弱點，然後下工夫去克服。接下來將與各位分享「我個人的做法」，即使只有一丁點也好，希望能成為大家的參考。

剛開始寫小說時，我總覺得「自己寫的角色台詞好像都有點不自然，感覺好像在演戲那般刻意」。因為小說屬於創作，即使出現「現實生活中絕對不會有人這麼說」的台詞也屬正常（例如：「我心悅你！」）。作為一個讀者，這樣的戲劇化台詞反而能營造故事的氛圍，更能打動我的心啊！諸位，這樣可以理解嗎？不知為何就是突然很想使用「諸位」這種演講時才會用到的字眼。話說，我自己寫的台詞完全不是這類可以讓作品內涵更豐富的等級，總有一種彆扭的刻意感（我是這麼覺得啦）。這樣下去不行！我一定要想辦法解決！

我採取的解決方法就是「在電車上偷聽別人的對話」。我本來就喜歡在電車上偷聽隔壁乘客的對話，現在變得比之前更認真，無時無刻豎起耳朵一字不漏地捕捉旁人的對話。感覺自己的耳朵變得比狸貓的〇丸◆還大，讓原本就很擁擠的車廂變得更加擁擠，我想應該為此跟社會大眾道個歉。

結果發現了以下兩件事：

一、寫文章時經常區分使用的「男性用語」與「女性用語」，現代口語幾乎不太會用到（也就是說，無關性別及世代，現代人的說話方式幾乎沒有太明確的差異。不過，與對方的關係會影響到是否使用敬語）。

二、現實中的對話其實跳來跳去，感覺一直說不到重點就莫名其妙地

◆在日本民間傳說中，狸貓的睪丸特別大，伸縮自如，相傳狸貓變戲法的法力就藏在牠的睪丸裡。

結束，思路不會太清晰有序。

後來，我在寫台詞時會特別注意語尾部分。不會因為是女性角色就刻意在語尾使用「對啊」或「嗯啊」，或男性角色就加上「是吧」或「對吧」。我之前就是太過強調性別區分，才會讓台詞顯得老氣，給人一種彆扭的刻意感。其實只要避開這樣的寫法，台詞就會顯得更自然。

此外，「現實中的對話不會有太清晰有序的思路」這一點該如何反映在小說上，實在是一門不太容易掌握的學問。過度忠於現實，一長串累贅的台詞容易使讀者心生厭煩：「故事怎麼一點進展都沒有。」反之，過度依賴台詞來交代劇情，又會讓讀者感到焦躁而抗議「別再靠台詞來交代全部劇情啦！」

最理想的狀況是「活用乍看之下沒有深意的台詞，透過角色之間的對話，確實推動劇情的發展」。

小說中的對話，思路必須比現實中的對話還要清晰明確。不然就會給讀者「感覺在拖戲」的印象。但又不能為了「說明」或「推動劇情」，就以生硬無趣的對話來交代故事。台詞最重要的功用，在於自然地向讀者交代該角色的想法及思維，讓讀者了解該人物的個性。

就像音樂劇的演員有時會突然唱起歌來，讓人嚇一大跳。現實生活中當然不可能發生話說到一半，對方突然唱起歌來回答你這種事。不過，「音樂劇的前提就是偶爾會用歌唱來對話，即使現實生活中不可能發生這種事」。好的音樂劇會透過歌曲來展開故事的情節，或是藉由歌曲來詮釋角色的心情。我認為小說中的台詞或對話也是同樣的道理。

那麼，該如何觀察（或聽察？）現實生活中的對話，並將其落實在文章中呢？我真心覺得，台詞相當要求耳朵的敏感度。我雖然是個超級音痴，但台詞跟音樂不同，在刻意進行「聽察」與「文章化」的過程中，耳朵的敏感度確實會有一定程度的提升。如果你也是音痴，千萬別放棄希望喔！

接下來是「描寫」。說到描寫，觀察同樣不可或缺。用心觀察自己與他人，將眼睛看到的東西、心裡捕捉到的感受，盡可能在腦內形成語言，這就是「語言化」。語言化與「記憶」息息相關。將觀察化為語言的過程中，你會不斷累積並儲存對情景及情感的記憶，在寫小說之際，「當時看到的景色」、「當下心中的感受」就能具體地浮現在腦中。將這些記憶寫成文章，不正是所謂的「描寫」？

畫家能將他們的眼中所見、心中所感，確實描繪成畫。他們的手眼連結比常人發達，天生擅長將接收到的資訊化為畫作。為了更加提升這方面的能力，他們在日常生活中還會藉由速寫的練習來鍛鍊自己。

小說也一樣，「平時將眼中所見、心中所感在腦中形成語言」等同於畫家提升速寫能力的練習。在日常生活中重複累積這樣的訓練，寫小說時就能輕鬆地將情景或心情以文章來表現。

不過，語言本身具備了極大的魔力。經常在腦中練習將所有事化為語言，其實相當耗費心神，讓人忍不住想要放聲大叫，請各位要適可而止，千萬別過度勉強自己。

自有記憶以來，我只要醒著就一直不斷在說話。（當然是在心裡啦，沒有真的說出口喔！）如今想來，我終於明白自己為何這麼愛睡覺。因為睡覺能讓腦內的語言化作業強制停止。「經常在心裡說話」的人，記得幫自己設下不動腦的休腦日（不是不喝酒的「休肝日」），給自己留下放空的時間喔！

這道菜的開頭曾提到，「台詞」與「描寫」有很大部分取決於個人的感性、喜好及文字調性。不過我發現，這方面的能力也能藉由訓練或刻意練習來提升。另外，「是否對他人與自己抱持好奇心？」也相當重要。張開你的天線，帶著滿滿好奇心去觀察別人跟自己，再將你的發現說出來。也就是說，你要跟「家裡附近愛打聽的歐巴桑」多多學習。小說其實就是源自旺盛的好奇心。

請變身為「愛打聽的歐巴桑」，帶著愉快的心情觀察日常生活中的大小事，再將這些發現活用在小說的創作。

第十二道

台詞（後篇）
——各種戰術的綜合拼盤

今年跟往年一樣，還沒來得及賞櫻，花期就已經過了。為了躲避黃色粉粒（花粉）的襲擊，我以工作為藉口一直宅在家裡，實在不可取。等回過神來，才發現整整一週完全沒跟任何人交談。

這樣下去，該不會連跟人對話的禮儀都忘了吧？不過我本來就沒什麼可以聊天的對象，忘記會話禮儀倒是無所謂，可是我擔心再這樣下去，可能連小說中的對話該怎麼寫都忘了。

這麼一來，我不就飯碗不保！這可不行！這道料理就來討論「台詞的處理」吧。

前面曾提過「最近拜讀投稿作品時發現的傾向」，還舉了「空行的濫用」為例。如果還要再加上一項的話，那就是「對話中分不清到底是誰的台詞」。

該怎麼做，才能讓讀者馬上明白說台詞的人是角色A或角色B呢？最簡單的解決方法就是「『○○說。』戰術」。

「早啊。要不要吃早餐！」

A說。

「不用。我現在宿醉沒胃口。」

B說。

也許有人會覺得這樣很蠢，但「『○○說。』戰術」真的非常有效！

若是覺得這種寫法太過呆板的話，只要加上一些變化即可。

「早啊。要不要吃早餐！」

A說。

「不用。我現在宿醉沒胃口。」

B梳著因睡姿不良而亂翹的頭髮答道。

說到「『〇〇說。』戰術」，我覺得藤澤周平的小說運用得最為出神入化。

藤澤周平的台詞處理，就我的分析（？）足以列入教科書等級。直接引用大師的作品過於惶恐，以下是我自己捏造的例文，形式則是依照藤澤周平的台詞處理原則。

「早啊。要不要吃早餐！」
A在平底鍋打進一顆蛋問道。原本透明的蛋白，自邊緣開始逐漸變白。
睡眼惺忪的B在A身後看著這副景象。
「不用。」
「為什麼？」
A問。
「我現在宿醉沒胃口。」
B梳著因睡姿不良而亂翹的頭髮。

由於是不才我的文章，所以寫不出大師那種洗練的感覺……總而言之，藤澤周平的台詞處理方式，基本上就是：

「台詞」

A～（描寫＝台詞以外的文字）。

只在恰到好處的地方使用下列寫法：

「台詞」

A說。

轟！「『○○說。』戰術」適時引爆！這種寫法，不但可以凸顯對話，說台詞的人也一目瞭然。不僅好讀易懂，節奏也很棒。像我這樣的小咖雖然沒資格評論大師，但我真心想要鼓掌叫好：「真是太厲害了，周平！」（其作品的內容跟文章的韻味當然也很棒，這一點應該不用我強調吧。）

除此之外，還有名為「寶塚戰術」的方法。我在看寶塚舞台劇時，發現其台詞的特徵是「在對話中呼喚對方的名字」。

「等一下，安德烈！」
「怎麼了？奧斯卡。」

大概是這樣的感覺（這兩句台詞當然也是我捏造的，為免大家誤會還是提醒一下）。國外翻譯小說也很常使用這種手法。相當清楚合理！這麼一來，馬上就能知道說第一句台詞的人是奧斯卡，說第二句台詞的人是安德烈。

也許有人會覺得這樣很蠢，但「寶塚戰術」真的非常有效！

當然，會讓人覺得愚蠢，絕對不是藤澤周平或寶塚、奧斯卡或安德烈的問題。如果真有笨蛋的話，那個笨蛋就是我！不好意思，好好的戰術卻只能用這麼愚蠢的例子來說明。

「寶塚戰術」在多人對話中經常用到。如果再加上「『○○說。』

戰術」，簡直就是如虎添翼、強強聯手！

自狂亂的酒宴一覺醒來，A、B、C、D四人像僵屍一般從被窩裡爬出來。

「誰啦？最後開『鬼殺清酒』的人是誰？」

B說。

「你啊！」

B以外的人都冷靜指出。

「那你們幹嘛不阻止我啦！」

「哇哈哈，這就是傳說中的惱羞成怒嗎？」

「那個，C現在不是你嘲笑別人的時候吧。你的臉色看起來好糟，還是先坐下來吧。說實在的，才四個人喝酒，竟然準備了三升日本酒、五瓶紅酒、一瓶威士忌，未免也太奇怪了吧！」

「等一下，D。」

A歪著頭。「你所謂的『奇怪』，是指『無論是三或五或一，四都除不盡』嗎？」

「當然不是！我是指量，量太多了！」

「雖說如此，D你可是喝了一半耶！」

C搖搖晃晃地坐在客廳的椅子上。

「吵死了。既然都準備了，當然要喝。」

「別吵了。要不要吃早餐？」

A率先站在廚房，手裡拿著平底鍋。其餘三人面面相覷。

「你不覺得那傢伙對吃的執著，真的非同小可嗎？D。」

B說。

「對。對吃的執著不僅非同小可，肝臟更是強得驚人。」

「我發誓，這輩子再也不喝酒了。」

C無力呻吟，趴在客廳桌上。

「這是我第二十八次聽你這樣發誓。」

D揉著劇痛的太陽穴。

「什麼嘛，你們還真是沒用。」

A在平底鍋裡打進一顆蛋。「你要吃吧？B。」

「不用。現在吃東西我絕對會吐出來。」

B梳著因睡姿不良而亂翹的頭髮。

除此之外，像是「給各個角色安上不同自稱戰術」（例如：我、俺、老子、在下……）、「不著痕跡地為各個角色分配不同說話方式戰術」（例如：A說話文雅、D較粗俗……）等等，台詞處理其實有各式各樣的手法與技巧。

各位在閱讀小說之際，不妨留心觀察「這個作者採取怎樣的對話戰術」。以分析研究的眼光來閱讀小說，也是相當重要的練習。一旦發現「這不錯耶！」、「這樣寫的話，誰在發言相當清楚！」的戰術，可以下一點工夫改造成自己的風格。

對於該如何處理台詞，事先決定好一定程度的規則也很重要。在我看來，大半小說家都有自己一套台詞處理的法則或習慣（當然，根據作品的調性，有時也會突然改變台詞的處理方式）。我想，每個人心中應該都有「台詞基本上要這樣處理」的大方針。

理由在於，如果每寫一句台詞都必須停下來思考「嗯……這句台詞該怎麼處理才好？」寫作就無法順利進行。而且，同一部作品的台詞處理方針若總是搖擺不定，很容易引發讀者的混亂，演變成「搞不懂現在到底是誰在說話」的局面。

一提到法則或方針，可能有人會說：「這樣會不會太死板啊？寫作難道不是該以自己的熱情與想法為重嗎？」但是我認為，如果將「容易傳達給讀者」放在第一位，就應該在台詞處理方面決定好一定程度的規則或方針。而且，在不斷嘗試的過程中，自然會內建一套「這樣寫起來不但順手，說話的人是誰也更好懂」的法則與方針。至於你的熱情與想法，就將它們實際化為小說的台詞與描寫吧！

請大家多閱讀各類型小說，務必研究一下「台詞處理技巧＝該怎麼做才能讓讀者馬上知道這是誰的台詞」。

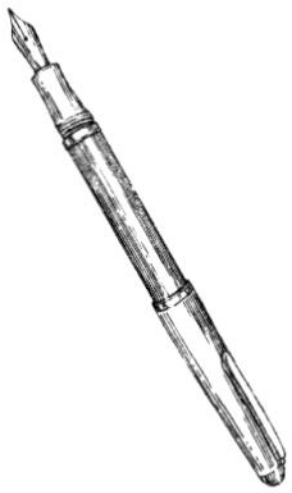

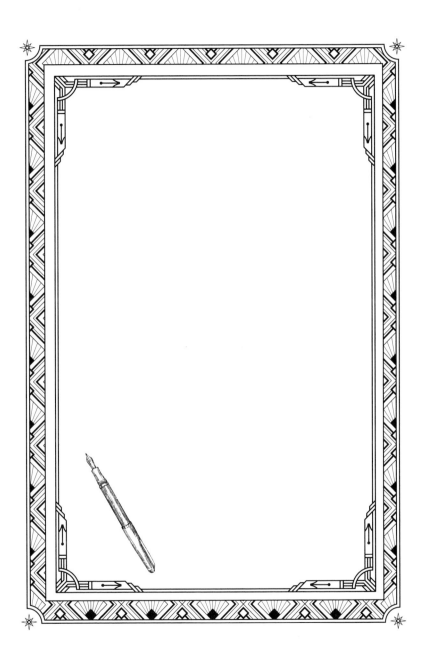

第十三道

資訊的取捨與選擇
——建築物與街景的描寫、文章的剪裁

現在我可沒那個時間寫稿子，MUGEN（無限）！（作者譯：因為忙著搶演唱會門票，結果又拖稿了！）

嗯……對不起，我會盡量好好工作。

這陣子我每晚都忙著跟友人擬定戰略，討論「該在哪個會場申請，才容易搶到演唱會的門票？」各位近來可好啊？此時的我正絞盡腦汁，試圖攻陷那座難以攻破的城池。大家可以叫我諸葛亮。雖然這個諸葛亮目前的戰績連戰連敗。演場會門票爭奪戰，戰況實在有夠激烈……！希

望各位都能抵達心中嚮往之地。

話說，這盤料理要跟各位分享責任編輯提案的主題。看著坐在電腦前、其實只是做做樣子揮著羽扇的諸葛亮（我），編輯大人擔心「再這樣下去，怎麼都等不到稿子」，所以絞盡腦汁幫我想出這個主題。編輯大人如是說：

「請告訴大家如何寫出不矛盾的故事舞台設定（如建築物或街道）。」

這個問題……確定要問我嗎？我可是每次都被校閱人員吐槽：「和室這裡的格局，恐怕只有異次元空間才看得到吧。」每次我的作品要改編成電影或電視劇之際，負責大道具跟美術的工作人員總會抱怨：「樓梯到底在哪裡？」、「這裡怎麼可能設晾衣台啦！」

即使如此，在動筆寫小說之前，我還是會先畫出格局圖或平面圖。只可惜我缺乏空間能力，實在不擅長在腦內構築立體建築，結果只能描寫出「不合常理的建築物」、「不合常理的街道」……好不遺憾。

在作品中經常出現的主要房間或房子，建議事前畫好建築物的格局圖，決定好門窗位置、家具配置等細節。當然，關於建築物的外觀及內部裝潢，也要根據需要事先畫好構圖，或是準備參考用的照片，先在腦中掌握一定程度的樣子。

不過，這些細節的設定不可能在小說中一一文章化（＝描寫、說明），所以作者本人對房間或房子的空間掌握非常重要。腦中的影像夠清晰的話，不僅可以避開「描寫不夠明確」的問題，也能準確地選擇「哪些地方要寫下來，哪些地方則交由讀者自行想像」。

畫建築格局圖之際，最重要的就是空間感。舉例來說，就算畫了房間的詳細格局，但房間是「國小運動場的大小」還是「六張榻榻米大小」，作者若沒有掌握好，依舊會發生「描寫不夠明確」的問題。在繪製格局圖時，同時要考慮「從門走到房間最裡面大約幾步？」或「這是幾張榻榻榻米的房間？」在腦中確實掌握好空間的大小。

再來就以這張格局圖為基礎，用文章來描寫室內或房屋外貌。此時的重點在於，「選擇哪些地方要描寫，哪些地方則交由讀者自行想像」。

如果要一一說明房間內所有家具及其配置，故事就遲遲無法推進。如果是照片或影像，看一眼就能知道「那是怎樣的房間，哪裡又放了哪些家具」。但小說只能靠文章來表現。將一部分交由讀者自行想像，而作者則需判斷出哪些部分對作品而言很重要，將讀者的注意力不著痕跡地誘導至那裡（例如：「請注意這張床」、「就是這種感覺的房間」等等）。

小說中的「描寫」並非「鉅細靡遺的說明」，而是誘發讀者想像力的「材料」。在小說中，描寫並不是「像照片或影片那般，連細微處都以文字如實描述」。「透過文章刺激讀者的想像力，讓讀者腦中出現猶如照片或影片般清晰的人物或場景」，才是真正高明的描寫。

「閱讀」本就是需要積極參與的行為，讀者在閱讀的過程中，積極地從小說文字中汲取、感知作者想要傳達的訊息。因此，請各位鼓起勇氣，相信讀者的想像力，將一部分交由他們自由想像。

也就是說，寫小說時無須一股腦地全部說明，要像拍照、攝影時「對焦」或「剪輯」那樣，只向讀者傳達希望對方注目的部分或氛圍。為了能在寫作時充滿自信地選出「希望讀者注意」的地方，事前繪製格局圖或掌握清晰的影像極為重要。

接下來我會以拙作《住在那個家的四個女人》（中公文庫有喔！小聲幫自己打書）為例，為各位說明小說的室內描寫，雖說稱不上完美案例，但仍希望多少能成為大家的參考。

佐知房間的西面與南面各有一扇窗，外頭逐漸升高的日頭從南窗照進來，相當地刺眼，但她連窗簾都沒拉上，就這麼睡著了。濕漉漉的頭髮還裹著浴巾，就這麼趴在床上睡覺的佐知，看起

> 來就像巨大的鳴子木偶娃娃◈。但唯一目擊這一幕的生物，只有恰巧展翅飛過窗外的烏鴉。

主角佐知的房間，設定是「位於二樓的邊間」。因此，房間的兩面都有窗戶。我在腦中擘畫著：一打開房門，右手邊是朝西的窗戶，正面是朝南的窗戶，左手邊的牆邊放著書桌，床頭那邊緊挨朝南的窗戶，床鋪長邊緊鄰朝西的窗戶。

不過，我也判斷無須如此鉅細靡遺地說明。在這個場景中，我想傳達給讀者的重要訊息是「佐知不是在地板上鋪棉被睡覺，而是睡在床上」、「床鋪位於窗邊」、「從外頭飛過的烏鴉，正好位於可以看到床上佐知的位置」（這部分之所以重要，是因為烏鴉與後續情節的發展有關）。

如果一一描寫房內的樣子：

◈日本傳統工藝品，以木頭手工製作，有著簡單的肢幹及刻意放大的頭部，主要產地是日本東北地區的溫泉勝地。

> 佐知往床鋪走去。一打開房門，床鋪在右手邊，位於南邊窗戶與西邊窗戶兩邊包夾的角落……

一下子出現過多資訊容易引發讀者的混亂。這樣的寫法不算是「描寫」，而是不給讀者發揮想像空間的「說明」。

之所以會引發讀者的混亂，原因在於「佐知往床鋪走去。一打開房門，床鋪在右手邊」的說明順序不夠好。

「佐知往床鋪走去。」讀到這一行的瞬間，讀者已經在腦內想像床鋪的位置。一打開房門，床鋪是位於正面、右手邊還是左手邊，讀者都各自在腦中自行想像那個場景了。

然而，看到下一句「一打開房門，床鋪在右手邊」，原本想像床鋪位於正面或左手邊的讀者，就必須修正腦中的「畫面」。這未免也太累了吧！當讀者必須一再修正腦中的「畫面」，就會感到焦躁，心想：「這什麼爛小說啊！讀起來根本沒有『畫面』。」

正因如此，某種程度上將細節交由讀者自行想像，只選擇你想傳達的重點進行「描寫」，才會這麼重要。

街景描寫也是同樣的道理。如果是架空的街道，更需要事前描繪地圖，掌握整條街景的影像。此時仍須留意空間的大小，比如：從道路這一端走到另一端要花上幾分鐘？從A街到B街有幾公里，走路或搭乘交通工具又需要多久時間？

要培養這樣的空間感，養成看地圖的習慣是不錯的練習。「從最近的車站到公司，搭捷運需要三十分鐘左右，那距離應該是幾公里呢？」、「從住家到最近的車站，走路需要十五分鐘左右，距離應該是幾公里？」在地圖上確認這些資訊，作為設定故事舞台時的參考指標。如果能夠具備「走路一小時的距離最多是四公里左右」的感知能力，你所描寫的街道就會更有說服力。

對了！我覺得要研究建築物、室內或街道等的描寫，讀本格推理小說是最有效的練習。雖然我並不是為了研究才讀本格推理小說，單純只是因為喜歡而已。不過，在閱讀的過程中確實獲益良多，得到不少「描寫的參考」。

因為本格推理經常出現「被暴風雨困在島上」，或是「因暴風雪而坐困山莊」等橋段，而且此時必定會發生殺人事件。「在一座孤島上，哪裡有著哪些建築物？連接彼此的通道又是如何設定的？」、「山莊內部的格局是什麼樣子，誰住在哪間房間？」本格推理小說在這方面的描寫可謂相當精準。作者必須清楚說明狀況，公平地提示資訊，讀者才能跟著偵探一起推理「兇手究竟是誰？」

本格推理小說中，關於建築物與街道的描寫不但精確，「哪些部分需要訴諸文字，哪些部分則交由讀者自行想像」的資訊取捨也相當簡潔俐落。「該怎麼描寫，才能讓讀者的腦中容易出現『畫面』？」如果各位有這方面的煩惱，建議可以多讀讀本格推理。

第十四道

取材的方法
——掌握好分寸，別給對方添麻煩

喂！我快融化了！天氣這麼熱，誰來想想辦法啊！往年夏天我都忍著不開冷氣，但今年的高溫簡直要人命，只能借冷氣之力才能得到一夜好眠。

沒想到未免也太好睡了吧，讓人真想就此長眠不醒。我一天裡竟有十四個小時都在睡覺！這算是另一種性命危機吧?!開冷氣時裹著毛毯睡覺，簡直就是極樂世界啊。就像在三溫暖的烤箱大流汗之後再泡冷水池那般痛快，這樣說可能有點矛盾，讓人忍不住吐槽：「那一開始泡適溫的熱水不就好了……」可是真的超舒服！人家戒不掉啦！因為花了太多時間在睡覺，害我工作一直沒有進展，這全都是夏天害的！

把過錯全都推到別人（？）身上以後，接下來我要跟各位分享「小說的取材方法」。

因為我曾寫過以表演藝術或某些職業為題材的小說，有志成為小說家的人經常會問我：「該怎麼進行取材？」、「我想了解某種職業，但是沒有管道怎麼辦？」的確，如果不是「剛好有認識的人從事自己感興趣的職業」，就必須在沒有管道的狀況下進行取材。

已經以小說家身分出道的人，如果有責任編輯，就可以透過編輯去找從事該職業的人，並且由編輯去詢問對方能否接受自己採訪。不過，作者的態度若太過被動（全交給編輯去做），採訪應該不會太順利。因為實際進行取材、讓取材對象願意敞開心房說話的人，終究是作者本人。

因此，如果你有「想寫」的職業需要採訪，無論出道成為小說家與否，我認為採訪的方法與條件並沒有太大差別。接下來就跟各位分享我自己實際的做法，希望能成為大家取材時的參考。

我寫過《強風吹拂》這本以箱根驛傳長跑接力賽◆為題材的小說。（新潮文庫有喔！小聲幫自己打書。）當初發願「想寫關於箱根驛傳的小說！」時，我只出過一本書，剛以作家的身分出道不久。當然，我沒有任何管道。不僅周遭沒有參加箱根驛傳的人，就連「責任編輯」一職是什麼也不太清楚。

那該怎麼辦呢？我的做法是向周遭的人放出消息：「我想寫關於箱根驛傳的小說。」這一點非常重要！毫無門路或管道時，不妨向身邊的人打聽：「你有沒有認識跟○○相關的人？」只要不是太過罕見的職業，多問幾次一定有機會。說不定哪天就會有人回你：「我有親戚就是做那一行。」這就是所謂的「朋友的朋友就是大家的朋友戰術」。

幸運的是，我很快就找到管道。我學生時代打工書店的店長，剛好

◆正式名稱是「東京箱根間往復大學驛傳競走」，由日本馬拉松之父金栗四三等人於一九二〇年創辦，每年一月二～三日舉行，是僅限關東地區二十所大學校隊參加的接力賽，每個隊伍十位選手，須在東京與箱根間來回共二一七．一公里，耗時兩天。

很喜歡看箱根驛傳。而且那家書店的工讀生中，正巧有個女生是大學長跑校隊選手。被視為長跑選手明日之星的她，受過專業的比賽訓練，教了我不少跟長跑有關的知識。那個女生不僅讓我實際參觀她的練習，還居中牽線介紹她認識的某實業團長跑選手◈，對方曾經出賽過箱根驛傳。

請人幫忙介紹採訪對象之後，接下來要做什麼呢？其實就是大家一起開心地喝酒聊天。也許有人會質疑「這不是在玩嗎？」但我必須說，跟受訪對象一起吃喝玩樂也很重要。我是認真這麼說的，絕不是在替自己找藉口！當然不是非喝酒不可，不過想跟初次見面的人盡快混熟，喝酒的確很有效。一群人開心聊天小酌的過程中，可以感受到對方有多認真地投入比賽，又經歷了怎樣的痛苦與快樂。結果，益發加深我「想寫箱根驛傳的小說」的決心。

同一時間，我還閱讀了箱根驛傳的相關資料，也仔細看了之前大會的比賽錄影。（影片是書店店長借我的。因為他是箱根驛傳宅，每年的比賽都會錄

◈日本某些企業會挑選優秀選手贊助，讓他們大學畢業後進入公司，半天工作，其他時間練習加休息，將來選手退休之後，就可以轉為全職正式員工，讓選手可以無後顧之憂，專心練習。

下來！）當然，我也親臨現場看了預賽和決賽。

那時，我還沒跟任何一家出版社談過出書的事，也不知道是否有出版社願意出，總之就是照著自己的心意到處取材。擁有「我想寫！」的這股熱情真的非常重要呢……對箱根驛傳的了解越多，我就越發地著迷，最後自己也成了箱根驛傳宅。在取材這件事上，阿宅鍥而不捨的鑽研精神也相當重要。這麼說絕不是在幫自己辯解，我是認真的！

我花了好幾年的時間，實際調查資料、親自前往大會觀戰，慢慢有了該寫怎樣的角色、故事線該如何發展的大致想法。直到這個階段，我才向熟悉的編輯透露：「我正準備寫一本有關箱根驛傳的小說」，而且準備了詳細（對我來說算是）的故事構想，向對方說明預計寫成怎樣的小說。自出道以來的數年間，我一邊默默進行箱根驛傳的取材，同時創作其他的小說，此時才終於有了「責任編輯」，真是可喜可賀。

編輯對我的構想相當感興趣。因為我說：「篇幅可能會很長，而且我還想再多取材幾次。」最後決定採取不連載直接出書的方式，並透過編輯正式地提出取材申請。箱根驛傳的主辦單位是「關東學生田徑聯盟」，像我這種路人甲要是突然提出「請讓我取材」的要求，對方應該會心生警戒。有了出版社這樣的「正式公司」居中聯絡，對方也會覺得「啊！這個人是認真想要取材呢」，而放心接受。這就是「能利用的全都好好利用戰術」。

不過，正如前述，實際進行取材的終究是作者本人。要去哪間大學取材、想參觀什麼環節、要採訪哪位選手，作者還是要先擬好方針再行動。可是啊，你也無須想得太過複雜。「關於這方面我想多知道一些！」、「好有趣喔！」你只須忠於這樣的心情，在不給對方造成麻煩的狀況下進行參觀或採訪即可。

關於取材的重點，可以整理為以下三點：

一、到處宣傳，尋找管道。發動「朋友的朋友就是大家的朋友戰術」。

二、閱讀相關資料、傾聽對方說話、實際到現場，積極採取行動。必要的話，還可以發動「能利用的全都好好利用戰術」。

三、在不妨礙採訪對象的前提下，盡可能地忠於自己的心情，進行參觀或提出疑問。

跟取材對象見面採訪之際，有一點一定要注意，那就是前面提到的「盡量不給對方添麻煩」。在取材的當下，小說是否能夠成形仍是未知數，但對方卻還是撥出了寶貴的時間來接受我的取材，即便他們根本沒有義務要協助我寫小說。如此珍貴的心意，每每讓我感動得渾身發抖。

如果有人突然對我說：「我想寫小說，請讓我採訪您！」我一定會心生警戒：「咦……什麼啊？這人想幹嘛？」但截至目前我所採訪過的所有人，全都放下質疑與警戒，親切地教了我許多事。當然，其中應該有許多人沒讀過我寫的小說（應該說，沒讀過才是正常的），即使如此，大家還是願意伸出援手幫助我。

所以，能否順利取材，跟你是否已出道成為小說家完全無關。你只須將採訪對象願意撥出寶貴時間受訪這件事銘記於心，心懷感謝，禮貌並真誠地請教對方，對方也會親切地告訴你許多事。

取材的時候，我的做法是盡量不寫筆記。突然有人要來訪問自己，對方心裡應該很緊張，如果此時你又散發出「正式採訪」的嚴肅氣息，受訪者可能會因為壓力而無法暢所欲言，導致採訪不順。如果有想要驗證的事項，之後再透過電子郵件或寫信詢問即可。留心對方的反應及語調，專注於彼此的對話，你將會有更大的收穫。當然，取材結束後，一定要趁著記憶猶新，盡快將取材時聽到的重點全都記錄下來喔。

如果你想寫的是非虛構小說，或是注重詳細數值的案例，取材的方法可能又不相同。倘若是小說的取材，我認為仔細感受「對方是怎樣的人」，也是相當重要的關鍵。因為小說屬於虛構創作，當然不能「將取材時聽到的話，像錄音聽打那般原封不動地記錄下來」。

還有，就像我前面提過的，有機會的話，跟對方一起吃飯喝酒也不錯。人們只要在同一個場合一起聊天吃飯，莫名地就很容易互相敞開心胸，真是不可思議。

「關於這方面我想多知道一些！」、「好有趣喔！」以這樣的心態進行取材，自然可以聽到很棒的故事，或是收獲意外的驚喜。總之，無須太過緊張，在不給對方造成麻煩的前提下，心懷敬意，虛心請教即可。不要過度緊迫盯人，心想「為了把小說寫好，非得挖出什麼不可」，只要拿出平常心，專注在與對方的交流，取材自然就會順利。衷心期望各位可以透過取材，獲得更多愉快且美好的邂逅。

人類是我的最愛（有語病）

各位覺得如何？有沒有哪道料理味道特別奇怪？「咦？沒有啊。」這麼想的你，是了不起的勇者！讓我在心中跟你用力握個手。拳頭是要用來保護重要的東西◈，還有握手時用的。（誰來告訴我一直忍不住想引用《HiGH&LOW》金句的症狀該怎麼治？）

◈雨宮家大哥雨宮尊龍的台詞。

話說，這篇專欄的前一道料理說明了取材的方法，也許有人會擔心「我天生就很怕生，該怎麼辦？」答案很簡單，寫不需要取材的小說就好了！以上，解散！

不好意思，現在解散還太早。因為專欄的篇幅還有剩，我們再多聊一下吧。覺得與人交流是件苦差事的人，無須強逼自己去採訪他人，只須將腦中的那個世界如實寫成小說即可。

但是，只寫自己腦袋裡的東西，作品的世界觀容易變得狹隘，遭遇靈感枯竭的危機。建議你多閱讀可以當成參考資料的書籍，或是在網路上搜尋值得信賴的資訊。即使宅在家不出門，還是要將「取材」放在心上喔！

你看，怕生、討厭跟人打交道，其實也不是什麼大問題嘛。不過，如果你是「對人類不感興趣」的人，恐怕就不太適合寫小說……即使小說的主角是動物、昆蟲或外星人，作者本身如果對人類不感興趣，寫作之路恐怕無法順利。因為，你的讀者畢竟還是人類啊！不過話說回來，對人類不感興趣的人，為什麼會想寫小說呢？如果可以針對這一點發揮，感覺似乎會成為了不起的傑作耶！希望你還是不要放棄喔。

由此可知，小說的題材並無限制，因為那是潛藏於你內外的東西，只要放輕鬆去寫即可。而且隨著年紀逐漸增長，人會變得越來越厚臉皮，開始覺得「怕生？What's that?」說不定等你回過神來，會發現自己已經在進行突擊採訪了。因此，你無須因為「好不容易想到很棒的點子，卻因為膽小怕生不敢找人取材……」而感到焦躁或絕望。想要向人公開自己腦中的那個世界，這樣的心情並沒有錯！◆

啊，我又不小心引用了《HiGH&LOW》的金句。以上，解散！不對，現在解散還太早！接下來還有許多道菜要上，請各位先準備好腸胃藥。今後也許還會出現奇怪的料理，請各位別太在意，盡情地消化喔！

◆作者在此模仿《HiGH&LOW》中琥珀的台詞，原本的台詞是：「那些傢伙打架確實不對。但他們想要打架的心情並沒有錯！」

第十五道

取書名的三種方法
——開門見山、象徵、逆向發想

某天，我跟來敝舍玩的家母一起吃蜂蜜蛋糕時，家母突然開口：「我說啊，妳那頭亂髮可不可以整理一下。」孝順的女兒過著日夜顛倒的筆耕生活，被突然上門的母親吵醒，卻連一句怨言都沒有，還大度地端出蜂蜜蛋糕招待母親，她這是身為人母該說的話嗎？再說我才剛起床，頭髮會亂也是正常的吧？

剛好那個時候，家母跟我一起在觀賞《HiGH&LOW 電影版3》的DVD。

「人家琥珀哥（劇中角色）頭髮不也亂亂的！」

我這麼回嘴後，手裡拿著蜂蜜蛋糕、眼睛直盯著螢幕的家母說：

「長得好看的人，就算頭髮亂一點也沒關係。」

語調充滿自信。

嗯，好像真的是這樣。為何我覺得莫名地有說服力呢？

人家琥珀哥頭髮亂沒關係，但親生女兒就不行嗎?!

「現在到底是在說什麼啦？」看不懂前面這一段的人，請務必看看《HiGH&LOW》系列電影。原本一直是平頭的琥珀哥，在第三部突然改變造型，我看到時還大驚失色，忍不住喊道：「琥珀哥！你發生什麼事了？」

話說，平日的大白天就在看《HiGH&LOW》的七十多歲老母親與四十多歲的老女兒，我們母女倆果然異於常人。家母不愧是生下我這個超級宅女的人，她似乎很喜歡「某些地方有些超過的創作」（稱讚之意）。

就像我每次看《HiGH&LOW》的DVD，就會像「貓看到獵物」那般盯著不放。而且家母似乎很喜歡洛基（ROCKY）◆這個角色，一看到他出場就忍不住融化，看到他快被揍時還會心疼：「啊！衣服會弄髒……」看著這樣的家母，一旁的我又確信一件事：少女心果然跟年齡無關。實在是太有趣了！

話說，這道料理要跟各位討論的是「取書名的方法」。老實說，我其實很不擅長取書名……

不過，我在拜讀投稿作品時，的確偶爾會看到書名「過於不著邊際（而且很長）、難以推測其內容」，或是「過度爆雷」，忍不住覺得可惜。書名就等於小說的招牌，希望各位能盡量取個好書名。

正如角色的個性及台詞，書名有很大的程度也取決於作者個人的喜好與感性（當然，每個讀者的喜好也大不相同），並沒有「這樣取書名就萬無

◆黑木啟司飾演，劇中造型是純白的華麗裝束。

一失」的法則……

同樣的，小說的寫法也沒有完全適用的法則，但這麼說的話，也許有人會質疑：「那我為什麼要聽你這傢伙的建議？」因而危及到本書存在的意義。關於這一點，我們先蓋上鍋蓋◈暫且不提。話說，煮豆子時千萬不能揭開鍋蓋喔……我到底在胡說八道什麼！這人怎麼連蒙混過關都這麼隨便啊。

仔細回顧自己一直以來怎麼幫作品取書名，我發現自己有三種「書名發想法」。應該還有許多不同的發想方法，但我用的就是這三種。接下來一一說明，希望能成為大家的參考……

一、開門見山發想法

《真幌站前的多田便利屋》（講述多田先生在真幌車站前開便利屋◘的故事）

◈日文的原文是「蓋をする」，意即「在發臭的東西蓋上鍋蓋（蓋子）」，引申為「隱瞞對自己不利的事情」。

◘日本特有的行業，會因應客戶需求提供不同的服務，事無大小均包括在內。

《住在那個家的四個女人》（四名女性住在古老洋房裡的故事）

就是如此……直截了當！

等一下，請容我為自己辯解。這兩部作品都是連載小說。所謂的「連載」，就是啊，在小說還沒寫的時候，雜誌上就已經刊登「新連載預告」。編輯當然會來問我：「這次的連載小說書名要取什麼？」我雖然在心裡吐槽：「啥？我連一個字都還沒開始寫耶……」但千萬不能讓編輯識破，因此我以極為平靜的口吻回答：

「這個嘛……我是覺得，書名除了《真幌站前的多田便利屋》之外，沒有更好的選擇……」

對，書名就是如此開門見山。

但是，這樣取書名當然還是有好處。最大的優點就是，方便從書名來推測小說的內容！另外，說到《住在那個家的四個女人》一書的書名，關於「小說的視角問題」（這本小說的敘事者是誰？），由於我在寫作前心裡已經有計畫，取這樣的書名就是希望引起讀者的注意，好奇「究竟是誰在說『那個家』的故事呢？」

即使是開門見山的書名，也能隱含作者的深意在內。這樣聽起來似乎很厲害，但說這話的我本人，為《真幌站前的多田便利屋》命名時卻完全未經深謀遠慮，那就只是單純又直接的書名而已。真是沒臉見人了。

但換個角度來看，正因為取書名時沒想太多，是不是反而給人一種新鮮感……（自我辯護）。

以「開門見山發想法」取書名時，訣竅在於「說明不要過多」（避免書名就爆雷）以及「注重韻律感」（書名過長就沒有韻律感，而且也不好記）。

二、象徵發想法

《強風吹拂》（關於箱根驛傳的小說）

《不得佛果》（關於文樂◆的小說）

《編舟◈》（關於編輯辭典的小說）

這些都是象徵作品內容的書名。各位現在是不是想吐槽：「廢話，所謂書名不就是這樣？」……我很慚愧。

這類書名的重點在於：「讀了內容會恍然大悟『啊！書名原來是這個意思啊！』」個人認為，即使是「象徵」，還是要避開「無論讀幾次，都只能抓到模糊印象的書名」。唯有書名跟小說的內容相互呼應，才能賦予象徵書名生命！

而且，「象徵發想法」還可以分為許多種類。

比方說，《強風吹拂》不曾在雜誌上連載，是直接出版的小說。因此，在還沒有決定書名的狀況下，我就已經寫了一千四百張稿紙。到了要出版成書的階段，我才開始思考「書名怎麼辦？」恰巧當時電視上正在轉

◆文樂是日本傳統表演藝術中人形淨瑠璃（人偶劇）的代稱，與歌舞伎、能劇並稱日本三大傳統藝術，獲聯合國教科文組織（UNESCO）列為「世界無形文化遺產」。

◈繁體中文版的書名是《啟航吧！編舟計畫》，由新經典文化於二〇一三年出版。因內文所需，書中保留日文書名（舟を編む）直譯，以《編舟》表示。

播箱根驛傳，我聽到播報員說：「風勢很強。」當下心想「就是這個！」重新閱讀稿子後，關於「風」的描寫也很多（因為是跟「跑步」有關的小說），呵呵！真是得來全不費工夫！

不過，有時也會遇到小說寫完後，才發現內容跟象徵書名不太符合的狀況。即便如此，如果象徵書名取得很不錯，也可以稍微調整一下稿子，讓內容與書名更加貼合。

《不得佛果》由於是連載小說，書名在一開始就拍板定案。該書名來自文樂的代表性劇目《假名手本忠臣藏》◆中的這句台詞「得佛果吧（＝成佛吧）」。由於連載開始前就已經知道主角的結局（「我才不要成佛！」）所以才命名為《不得佛果》。《不得佛果》算是「象徵發想法」再加上後面會說明的「逆向發想法」。

我個人很喜歡這個書名，但還是有個缺點，即不讀到最後就無法理解書名的意義。我自己也反省過，這個書名是不是給讀者帶來了太大的

◆以「元祿赤穗事件」（日本江戶時代中期元祿年間，赤穗藩家臣四十七人為主君報仇的事件）為題材的人形淨瑠璃、歌舞伎的代表性劇目。

壓力。

然後是《編舟》。這是將辭典比喻為「舟」，描寫參與辭典編撰的一群人所發生的故事，所以也用了「編」這個字。算是「象徵發想法」與「開門見山發想法」的組合。所謂的「書名」，就是結合各種發想方法，絞盡腦汁後的產物！

有了《不得佛果》的前車之鑑，創作《編舟》時，我在小說開頭就讓書中角色說明：「辭典就是『舟』，我們就是『編』它的人。」心想這樣就萬無一失。當時我充滿自信，覺得應該不會再有讀者疑惑「這個書名到底是什麼意思？」誰知偶爾還是會收到類似「讀完小說之後，我終於明白書名的含義。真是太痛快了！」這樣的感想。咦？怎麼會這樣啊……我懂了！原來讀者根本不會記得小說開頭的內容，大家都是讀過就忘是吧。好！都怪我思慮不周。

各位現在可以理解，要想出一個完美書名有多困難了吧。

三、逆向發想法

《光》（非常黑暗，連一絲光亮都沒有的故事）

《沒有愛的世界》（故事結論是這個世界其實處處充滿了愛）

我……從剛才就一直致力於說明「取書名的方法」，是不是把自己作品的雷都爆光了。沒關係，如果踏過我的屍體，大家就能攻陷巴士底監獄，那將是我最大的心願（請參照《凡爾賽玫瑰》）。「這傢伙還真可憐啊……」如果你同情這樣的在下而心想：「雖然已經知道結局，但我就賞臉讀一下吧！」進而願意閱讀本人的作品，這才是我最大的心願。這樣算置入性行銷◆嗎？

近年來，人們似乎對爆雷相當敏感，但大多數的創作，重點都不在「結局」，能夠細細品味故事從開始到結局為止的種種過程與細節，才是閱讀的樂趣所在。所以啊，即使已經知道結局，還是可以享受作品

◆原文為ステマ（「ステルスマーケティング」的簡稱），即指業配（文）、置入性行銷，又稱祕密行銷。

的……是不是！（因爆雷而拚命補救）。

說出這番大道理試圖說服各位的我，其實是最討厭被爆雷的人，因為還沒看電影《一屍到底》（*One Cut of the Dead*），就連預告片也不敢看，萬一被人爆雷推理小說的兇手還會暴怒。但因為我很快就會忘記兇手的名字，所以影響並不大。同一本推理小說，無論我重讀幾次，每次都還是會因為「竟然有如此精妙的伏筆」而驚喜。

嗯……剛才說到哪裡？對了，「逆向發想法」是吧！取這類書名時，還是要注意書名必須跟小說內容有某種程度的呼應喔。

寫《光》這部作品時，我刻意只在書中的關鍵處使用「光」這個詞彙。希望讀者讀完後可以思考「為何如此黑暗又討人厭的故事，要取名為『光』？『光』在這篇小說裡到底有何意義？」只是不知能否如我所願就是了。

《沒有愛的世界》描寫的是一群植物學研究生的故事，一般都認為植物沒有「愛」，所以我才取了這個書名。就這一點來說，算是「開門見山發想法」。不過，醉心於研究的人們心中充滿對植物的熱愛，而且地球上存在著各式各樣擁有精妙構造的生物，這顆星球本身不就充滿了愛嗎？PEACE！「充滿愛的世界」逆向思考的話，就是「沒有愛的世界」。

對了，還有一點想要提醒各位。

最近在網路上很容易就能查到小說的資訊。對，就是關鍵字搜尋。如果取了類似《光》這樣的書名，因為「光」是經常使用的一般名詞，可能會出現一堆不相關的資訊。因此，最好避開「家具」、「腳」這類的書名。可是這麼一來，芥川龍之介的《鼻子》不就也不行？唉，人生在世真是太難了！

當然，書名最重要的還是要符合作品內容，我只是「提醒大家注意一下」啦。

話說，《HiGH&LOW》又是基於怎樣的理由決定這個名字呢？即使我使出「喜歡的東西就會徹底鑽研分析到底」的宅女之力，依舊無法破解。硬要說的話，應該是用了「象徵發想法」吧。但我又覺得「作品裡完全看不到『LOW』的部分啊……」所以目前仍舊無法斷定。

沒辦法，輕輕鬆鬆就能超越常人思考的突破力，正是《HiGH&LOW》的魅力！

啊！能簡稱為《H&L》也是這個名字的優點。就像《在世界的中心呼喊愛情》可以簡稱為「世界中」一樣，能否讓觀眾為作品取個親切的簡稱，也很重要。不過，觀眾是出於對作品的熱愛而自發地取簡稱，這已超越創作者本人意志可以控制的範圍。

請各位多多嘗試各種書名發想法的組合，為你的作品取個能成為亮眼招牌的好書名！

第十六道

提示資訊的時機
──在腦中想像情景與角色

吼──我真的沒什麼可寫了啦！雖然每一道都這麼說，但我目前是真的想不出還有什麼可以寫。說到底，要我建議別人怎麼寫小說，實在是太為難我了啦！什麼？你問我前面端出的十五道料理又算什麼？那是我絞盡腦汁拚命想出來的啊！把那些全都給我揉成紙團燒成灰，統統撒進海裡吧（此乃非法行為）！

老實說，寫小說時真正需要的東西只有一項，就是「品味」。但這麼說的話，接下來就真的沒什麼好講了，有人還會因為「我天生就沒什麼品味……」而心生沮喪。

太輕率了！認為品味是一種才能（天賦），這樣的想法未免輕率至極！

各位給我聽好了！（明明是自己先起的頭，結果還反過來詰問讀者）經常有人會說：「那個人穿衣服很有品味！」可是，優秀的穿著品味真的是天生的嗎？

不是！你看過哪個嬰兒是穿著衣服來到這世上的嗎？穿著品味好的人，應該是因為經常閱讀時尚雜誌，或直接到店裡觀察各類服飾，即使遭遇失敗也勇於嘗試不同穿搭，最後找到最適合自己的穿著風格。

也就是說，所謂的「品味」根本就不是天賦。也許確實有人是與生俱來，但天才只有少數，品味其實是「靠後天努力獲得的」。

小說創作也是同樣的道理。作者經過各種摸索與嘗試，靠著後天努力培養的品味寫就而成。看到那些以為寫小說靠的是天賦，既不努力也不研究，連讀者的需求也不願多揣摩，成天愛做白日夢的傢伙，我真想一把抓住他們的胸口用力搖晃大罵：「給我清醒一點！」你們這些傢伙是不是自恃有才華，只要邊挖鼻孔邊對著電腦，就一定能寫出傑作？給我聽好了，那些寫出好作品的人靠的不是才華，而是努力不懈、磨練自我品味的意志力！

對不起，我太激動了。每每在寫稿時，我都會體認到：一旦事關小說，無論閱讀或寫作，我的血壓都會忍不住飆高。而且，近來我的身體真的開始出現高血壓症狀。而對於放浪一族（EXILE TRIBE）的熱愛，更是讓我的精神經常處於高血壓的狀態。不過，最能讓我血壓飆升的，還是跟小說有關的事。我想，我是真心喜歡小說的吧……親口承認「喜歡」還是有點害羞呢（↑內心還是國中生）。

呃……剛才說到哪裡？啊，我想起來了！與其有那個時間因為「自己沒有品味」而沮喪，不如把時間拿來好好磨練品味！

一出生就會開口說話的人，只有佛祖而已。正如小嬰兒都是赤身裸體來到世上，人們的語言能力也是後天才習得的。也就是說，需要用語言來表現的小說，就跟時尚一樣，必須藉由後天的努力與不斷的嘗試來磨練自己的品味。

難就難在，品味這種東西千差萬別、各不相同。正如你喜歡的衣服不一定是適合自己的衣服，即使覺得「我喜歡這樣的小說」，但自己真正擅長的也許是完全不同類型的小說。這種狀況時有所聞。就像每個人擅長的時尚風格都不相同，在小說寫作這方面，某人很快就能掌握的重點，其他人要理解並掌握可能得多花一些時間。這種狀況其實也很常見。

像「人稱／視角」或「架構」這類較容易以理論來說明的大框架，對於想寫小說的多數人而言，也比較容易理解（理解之後，想要真正地活用這些理論，當然需要不斷嘗試與經驗累積）。至於「角色設定」或「台詞」，往往取決於個人的喜好，或是藉由經驗累積所培養的品味，想要從中推演出「這麼做就對了」的法則，其實相當困難。

正因如此，隨著這套全餐（？）不斷上菜，後面能夠料理的材料也越來越少。抱歉，這段藉口真的太長了。總而言之，品味屬於本人無法給予建議的領域，請大家各自努力好好磨練品味喔（放牛吃草）！

話說，我在拜讀投稿作品時，經常覺得「這部分如果再調整一下會更好」，這就是「提示資訊的時機」。該怎麼做，向讀者提示資訊的時機才能恰到好處呢？針對這一點，我絞盡腦汁試著想出具體的方法論，但想不出來……每一部作品恰到好處的時機不盡相同，實在無法一概而論。也許，這也是屬於品味的領域吧。

舉例來說，推理小說的兇手當然不能一開始就表現得像兇手。因此，作者會埋下巧妙的伏筆，等兇手的身分揭曉之後，讀者再回去重讀兇手當時的言行（＝公平地提示資訊）才恍然大悟，讚歎：「原來如此！」作者真是神乎其技！像我就絕對寫不了推理小說。如同喜歡的衣服，不一定是適合自己的衣服。不過，如果想要學習提示資訊的技巧，推理小說無疑是最適合的範本。

擔任「Cobalt短篇小說新人獎」的評審委員之後，我發現一條有用的法則，那就是「盡早向讀者提示角色的年齡與外表」。

當然，這並不是絕對的法則。不過，如果想讓讀者早一點感受到角色的魅力，這算是相當合理的做法。不著痕跡地盡早提示角色的相關資訊（包含外表），讀者就容易在腦中想像該角色的樣子，對其好感也會增加。

有些漫畫家會藉由反覆速寫練習，自外表開始逐步掌握角色。就連BL小說家，也是先製作角色的人物設定表（包含容貌）再開始動筆寫作。無論漫畫或BL小說，都是角色魅力與作品魅力息息相關的創作，這樣的做法確實有其道理。

我本身屬於盡量不描寫角色外表那一派，因為我筆下的角色大多沒有值得大書特書的外貌……（我的出場人物們，希望你們別不開心啊！）而且以我的文筆，無論再怎麼描寫外表，也只會讓讀者留下平凡大眾臉的印象。再說，思考服裝等設定也挺麻煩的（喂！）所以我幾乎不怎麼描寫角色的外貌，如果一定要寫的話，出場人物穿的大多只是T恤配牛仔褲。其實我也很擔心有一天角色們會對我群起抗議：「能不能讓我們穿得時尚一點！」

不過，為了彌補這方面的不足，我會刻意在人物的動作或台詞下工夫，讓讀者容易在心中描繪該角色是怎樣的人。角色特有的動作或習慣，如果等到小說快結束才突然頻繁地出現，未免也太奇怪了吧。因此，我會在故事一開始就埋下這些設定。

我知道了！關於角色的資訊提示，重點就在於「關於角色的外貌、性格或言行舉止，事先要有一定程度的掌握，大致決定『就是這樣的人』」。

當然，寫作的過程中，角色也會煥發出自身的生命力，最好避免一開始就將角色設定得太死，不過該角色最基礎的主幹部分，作者還是得先有個底，事先確定「該角色就是這樣的人」。因為基礎部分若搖擺不定，就無法決定提示資訊的最佳時機。

我在拜讀投稿作品時，有時會對小人物說的動作感到疑問。因為無法馬上想到完美的例子，下面的例文就請各位擔待……

在公園裡散步的A與B，決定在樹蔭下的長凳休息一下。坐下後，咬了一口從口袋掏出的蘋果。

「好吃嗎？」

A問。

「嗯，你也要吃嗎？」

B遞出咬了一口的蘋果，

「不用，我自己有。」

語畢，A從自己的口袋掏出蘋果。

A跟B是怎樣的關係呢？他倆是好朋友。

此處的問題在於，最前面那句「咬了一口從口袋掏出的蘋果」。由於這裡的資訊提示處理得不夠好，可能會讓讀者誤解「兩人從各自的口袋掏出蘋果來吃」，等繼續讀下去，才發現吃蘋果的人只有B，因此產生混亂。

像這樣調整的話，讀者應該比較容易理解：

在公園裡散步的A與B，決定在樹蔭下的長凳休息一下。兩人坐下後，無視一旁的A正在享受自頭頂枝葉間灑落的陽光，B咬了一口從口袋掏出的蘋果。

在寫作的過程中，你會漸漸明白何時是提示資訊的最佳時機。想要掌握最適切的時機，重點在於「作者的腦中對該情景或人物有足夠清晰的想像」。

想像故事的畫面，再將腦內的影像化為文章，經由不斷嘗試與經驗累積培養出品味（也就是習慣以後），下筆就會更加順利。相反的，事前沒有任何想像、採取「想到什麼就寫什麼」這樣隨意的寫法，即使文筆再流暢，還是無法改善提示資訊的時機不夠準確的問題。

靜下心來，在腦中仔細描繪小說裡的人物與情景。此時，將讀者一併列入考慮，也是這個作業的一部分。

讀者無法看到你腦中的景象。不過，還是有一種方法能讓你將自己的想法與腦中的影像傳達給讀者，那就是文字，雖說稱不上十全十美。小說正是以文字為媒介的溝通。作者必須先掌握好腦內的故事人物以及世界，再將這些內容以最好的方式傳達給讀者，有點像是譯者或靈媒那般的存在。

千萬不要想到什麼就寫什麼，務必先仔細衡量故事人物與讀者的心理及心情，再進行最適切的翻譯（語言化）喔！

第十七道

營造高昂的情緒
——讓中二魂盡情嘶吼吧！

各位，新年過得可好？

去年我新學會「有 fu」這個詞，馬上現學現賣對友人說：

「演唱會DVD的這一段超有 fu，你一定要看！」

「呵呵，你倒是說得挺順口嘛。」

友人回了我一個皮笑肉不笑的微笑。

話說，我是在搜尋自己作品的讀後感時才知道「有 fu」這個詞，還真是後知後覺啊。因為有好幾位讀者都寫了「有 fu 耶」、「超有 fu」，我才開始在意。

「有 fu」到底是什麼意思？是噁心的意思嗎？該不會是「誒超噁的！」的簡稱吧？◆難道我私底下噁心的那一面已經滲透到自己的小說了嗎……

於是，我下定決心請教友人：「『有 fu』到底是什麼意思？」

友人回我：「嗯……就是『情緒高漲』或『熱烈』的意思。應該是源自『emotional』這個英文字。」

「所以不是『誒超噁的！』的簡稱嗎？那……如果有人在小說讀後感裡提到『有 fu』，我可以當成是肯定的正面意見嗎？」

「……我說啊，妳是在網路上搜尋讀者對自己小說的感想嗎？」

「嗯，對啊……」

被人發現我一直上網搜尋讀者對自己小說的讀後感，真的很糗。

「別擔心。那是正面的感想，應該沒錯。」

◆「有 fu」的日文是「エモイ」，「誒超噁的！」的日文是「エッ、まじでキモイ」，由於後者具備前者「エ」、「モ」、「イ」三個假名，作者才會猜測前者是否為後者的簡稱。

既然友人都這麼說，那我就安心了。

就這樣，學會「有fu」這個新詞之後，我就開開心心地在日常生活中活用。真是的，都這把年紀了還要學年輕人。

啊，我可不是老掛在網上看讀者評論喔！只是因為新書剛上市，難免會在意「不知讀者有什麼感想」，所以忍不住才……嘿嘿。

話說，雖然學會了「有fu」，我還是只能大概抓到它的語意，既然友人都說「那（應該）是正面的感想」，我就姑且信之囉。

話又說回來，「有fu」若意指「高昂」、「心頭一熱」之類的情緒，是否也可以解釋為「讓人讀著讀著忍不住臉頰發紅的滿滿中二感，但感覺還不賴」？因為實在無法否定有這種可能，我不禁羞紅了臉，很想跟讀者道歉：「真是不好意思，寫了這本洩漏出我很中二的小說！」

「有fu」其實就是中二感嗎？雖然不知道兩者的意思是否完全一樣，但這道料理就讓我們來談談「創作裡的中二感」吧。

所謂「中二感」，指的就是「內心一直處於國中二年級生的狀態＝幼稚」，經常用於表示貶義，例如：「那傢伙都一把年紀了，怎麼講話還這麼中二！」

現實生活中，「幼稚到底」跟「有夠煩」的確只有一線之隔。嗚……這段話明明是我自己寫的，還是覺得很受傷啊……不過，如果是創作的話，我反而覺得中二感非常重要。這麼說絕不是在為自己滿滿的中二感辯解，請大家不要誤會！

因為太想向人們傳達某些東西、在這股熱情的驅動下從事創作，這樣的創作者本身就充滿了中二感，不是嗎？我們之所以會覺得這些創作很有趣，大多是被作品裡滿滿的「中二感＝有fu、幼稚、莫名其妙的熱情」所觸動，因而心生感動，覺得「超棒的！」這麼說應該沒錯吧？

也就是說，不僅創作方，就連鑑賞方也被作品營造的中二感深深吸引，忍不住讚歎：「受不了！真是太棒了！」正因為人類不分年紀都保有這份赤子之心，為了盡情發揮或享受這樣的幼稚，才會有各種創作產生。有時我甚至會有這樣的感覺。

當然，每個人的喜好不盡相同，該在作品裡注入多少中二感，分寸真的很難拿捏。更何況，「中二感」本就是一股擋也擋不住的幼稚奔流，基本上很難靠個人的意志去增減。

只是，比起洗練成熟的創作，我個人更偏好的作品是可以讓人一邊大笑吐槽「超幼稚的」，心中同時又忍不住覺得「這種心動的感覺是怎麼一回事——！雖然覺得太羞恥而不好意思跟別人講，但這個點我超懂！如此狗血的部分，我其實也有！」……

舉例來說，我非常喜歡《阿飛正傳》（王家衛執導），這部電影的畫面非常時尚洗練。即使故事架構略有缺陷，算不上完美，但整部電影充滿了只能用「有fu」來形容的亮點，以及唯有電影才能表現的那種淒美、質感、人物風格與色氣◆。在在都讓人無法抵抗啊。

◆「色氣」為日語借

電影中，張國榮對剛認識的張曼玉說：「這一分鐘你和我在一起，因為你，我會記住這一分鐘。」突然說出這麼幼稚的台詞是怎樣，如果不是張國榮，我可是絕不會原諒的喔！大腦雖然這樣吐槽，心跳卻忍不住漏了一拍。因為那是張國榮啊（跳針）！更別說之後的劇情發展簡直猶如波濤洶湧般戲劇化！

沒錯！所謂「創作」本就不是直接複製現實。經常聽到有人批評：「這不現實。」、「現實生活中才不會有人這麼說。」真的讓人忍不住想要怒飆：「你是笨蛋嗎？這麼推崇現實的話，乾脆一輩子都別接觸創作好了！你的人生只要能吃飯〇便睡覺就夠了！」

創作的樂趣就在於，可以光明正大地做「不現實」的事情給別人看！能讓人享受到關鍵時刻爆發的幼稚，正是創作啊！

更重要的是，創作其實也是現實的一部分。但是，推崇現實主義的人往往誤解了這一點。即使「現實中不可能發生」的事件或「現實生活

詞，本意是指「有魅力」，不分性別的人所散發出的一種「有顏色的氣場」，引伸形容「某人充滿具有誘惑力、吸引人的特質」或是「某種動作很撩人」。

中不可能說出口」的台詞只出現在創作裡，但創作仍屬於現實的範疇，因為它反映了現實生活中人們內心的想法與願望。只憑「不可能發生」就加以否決，也等於否決了那些創作或享受這些作品的人們內心的想法與願望。

當然，為了讓讀者覺得「現實生活中也許不會發生，但如果是這種情況、這個人的話，的確可能說出這樣的話、做出這樣的事」，如何在作品中營造出「真實感」，取決於創作者的能耐和責任感。《阿飛正傳》在這方面就做得很好。雖然有些幼稚，這份幼稚卻完美轉化為作品的特色，成功打動了許多觀眾的心。

以小說來說，文章所散發的「色氣」就源自於中二感。雖說中二感的拿捏必須依據作品的風格來判斷，但過度在意寫實這件事，很可能會導致作品變得索然無味……我是覺得，能夠帶領讀者一口氣高飛、讓他們領略到「情緒高漲」的那一瞬間，這樣的作品才能牢牢地抓住讀者的心。

比方說，角色在關鍵時刻脫口而出的帥氣台詞。當你在寫作的過程中感受到情緒高漲，此時就不該猶豫「現實中應該沒人會這麼說」，大可放膽讓該角色說出帥氣的台詞。

我剛開始寫小說時，因為害羞而遲遲不敢讓角色說出帥氣的台詞。但我覺得根據情況，讓角色內心的想法化為台詞直接說出口也很重要，終於下定決心丟掉自己的羞恥心。

理由在於，小說只能以文章來表現。讀者無法親眼看到角色的表情、親耳聽到角色的聲音、親自觸碰到角色。因此，為了確實將角色內心的熱情或想法傳達給讀者，有時需要靠著有點「超過」的帥氣台詞來直接呈現。為了讓讀者覺得「現實生活中雖然沒看過會說這種話的人，可是在作品的這個瞬間，這個角色的確只能說出這句話！」請各位瞄準最佳時機，讓角色在關鍵時刻發出熱烈的靈魂吶喊吧！

應該說，只要拋開害羞、羞恥等顧慮，忠實地照著角色的心情來寫，根本不必刻意去做，該角色也自然會在最佳時機發出熱烈的靈魂吶喊……雖然也有可能是因為我本人的「中二度」異於常人，但我想該出現時還是會自然地出現啦。

接著來談談「描述」。其實這也是個人喜好的問題，我喜歡在描述的過程中情緒越來越高昂、最後忍不住「放聲高歌」的小說。不是只有「喜歡」的程度，而是「超級喜歡」喔！在情緒沸騰到高點的那個瞬間，在作者與角色激情的煽動下，讀者自己也能感受到融入作品世界並陶醉其中的感覺。

所以，如果你在寫作的過程中覺得情緒高昂，乾脆不要壓抑那股熱情，盡情在文中謳歌吧。現實生活中雖然不太有人會突然唱起歌來，但我覺得無須在意這種事。因為你寫的是小說，當你判斷那是將角色內心想法傳達給讀者最好的做法，就盡情釋放出那股幼稚的奔流吧！

當然，寫完小說以後還是要以冷靜的眼光重新檢視內容，再三推敲「這裡是不是幼稚過頭……」逐一進行微調。前面（第一道料理）也提過，小說就跟「深夜寫的情書」一樣。一旦幼稚過了頭，不僅無法將你的想法傳達給對方，甚至還會讓對方覺得「誒超噁的！」對你避之唯恐不及。

嗚……這段話明明是自己寫的，還是覺得很受傷啊……

第十八道

描寫與說明

——納豆要攪拌幾次，才能恰到好處

人家現在簡直無法壓抑心中的悸動啊！因為「三代目 J SOUL BROTHERS◆」的巨蛋巡迴演唱會快開始了，我現在根本沒那個心思想小說的事！

唉，不過我申購的演唱會門票全都沒抽中，多虧朋友把我加入「同行者登記」，才有機會可以去演唱會。我想門票的中獎率應該是真的很低，但我的籤運也真是有夠差，根本就是毫無用武之地的諸葛亮。因為無事可做，只能尷尬地揮揮羽扇撣掉電腦螢幕上的灰塵。話說這本書，

◆日本男子歌舞團體，放浪一族的組成團體之一，所屬經紀公司為LDH。

似乎從中途開始成為「我是如何迷上放浪一族？」的報告，這樣好嗎？當然不好！

好啦，我會好好洗心革面，再次認真思考怎麼寫小說。至於三代目……不，我的靈魂沒有出竅！絕對沒有！

拜讀投稿作品時，有個問題也讓我相當在意，心想「可惜！如果這裡能再注意一點，應該可以更好」，那就是「文章不是描寫，而是成了說明」。話說，該怎麼定義「描寫」和「說明」，很難用具體事例來解釋，實在令人焦急啊。

經過一番痛苦呻吟，我終於想到合適的例子！

A子到底要跟自己說什麼呢？B男簡直無法抑制內心的騷動，一邊期待著趕快下課，一邊大口扒著學生食堂的咖哩飯。

這裡是保健室。B男緩緩打開門，A子坐在窗邊的床上，正百無聊賴地滑著手機。

「妳要跟我說什麼？」

B男問。

問題在於，上頁空行後的「這裡是保健室。」乃是場景轉換時常用的寫法，為了盡快讓讀者知道該角色身處何地，所以直接拋出一句「這裡是保健室。」但這只是單純的「說明」，會破壞小說整體的氛圍、韻味或節奏。基本上，較好的做法應該是藉由「描寫」的堆疊，來向讀者傳達場景所在地、角色的心情等細節。

（前略）一邊大口扒著學生食堂的咖哩飯。

> B男緩緩打開保健室的門，A子已經坐在窗邊的床上，正百無聊賴地滑著手機。外面的操場傳來一陣笑鬧聲：「球還沒死啦……！」、「有時間說廢話，還不趕快去把球撿回來！」應該是足球社正在練習吧。夕陽照在A子背上，彷彿有柑橘妖精附在她身上。
>
> 「妳要跟我說什麼？」
>
> B男故作冷淡問道。

嗯……可能有人會想吐槽：「這也算合適的例子？」好啦，我道歉。不過，各位應該可以理解我想表達的重點，亦即不要偷懶直接用「這裡是保健室。」來說明，有更好的方法可以向讀者傳達「場景是保健室」。

此外，不著痕跡地描寫室內的狀況及A子的模樣，可以讓讀者知道當下的時間點，還有B男對A子抱持著何種期待（「可能會被告白……？」）

或情感（「既可愛又有魅力」）。也許有人會覺得前面的例文寫得太差：「根本感受不到妳想傳達的這些！」關於這一點，只能請各位在實戰時自行加油囉！不好意思啊。

還有，足球社員之間「球還沒死啦……！」在描寫中插入這些對話，也能暗示兩人今後的發展（A子「想說的話」並非B男期待的告白。但B男不肯放棄，果敢地「把球撿回來」，持續地追求A子），在此埋下伏筆，還能與後續的故事發展相互呼應（比方說，足球社員儼然愛神邱比特，鼓勵B男「把球撿回來！」聽到這句話時，B突然想起「啊！當時在保健室我也聽過一樣的話！」等等諸如此類的劇情）。

只用「這裡是保健室。」這句枯燥無味的說明帶過，將會限縮小說的可能性。這麼一來，小說就不會出現連作者也無法預期的意外發展，更無法培養「經常思考今後的故事發展，致力於最完美的文章表現」的習慣與思考迴路。為了省時省力，而以說明來便宜行事，這種手段根本百害而無一利。想要節省寫作時花費的力氣，應該不是在描寫上偷懶，而是在「為了不打錯字，事前在電腦內將出場人物的名字設定為常用字句」這方面提升效率才是。

文章裡一旦混入說明，小說的文字就會顯得不夠洗練。原因在於，這樣會更加凸顯「小說本來就存在的『視角』問題」。

關於人稱（視角），本書第五道和第六道料理有相關的討論，詳細內容請參照這兩篇。無論採用第一人稱或第三人稱，小說都無法避免這個問題：「到底是哪個人以誰為對象，基於怎樣的理由，如此思路清晰地述說故事呢？」因為「敘事」本身就是一種極為人工的虛構表現方法。

所謂的「描寫」，就是讓虛構敘事顯得自然的技巧之一。

「這裡是保健室。」用此句突兀地加以說明，可能會讓讀者頓時覺得掃興而質疑：「等一下，這句話到底是誰說的？是作者突然現身跟讀者說明這件事嗎？」作者都想隱身在作品背後，不讓讀者意識到自己的存在，同時又要自然地向讀者傳達「這個角色現在身處何處、在做什麼事、心裡有何感覺、說了那些話」，因此必須藉助描寫的力量。

Cobalt文庫以前的小說，第一行經常出現：

我，花子，今年十四歲。

像這樣從說明切入的手法，可說是了不起的發明，不但可以馬上讓讀者知道主角是怎樣的人，也因為是第一人稱敘事，還能讓讀者萌生主角正在對自己說話的感覺，進而對主角產生親近感。

如今，這樣的手法卻顯得有些「過時」。而且，終究還是無法擺脫這種質疑：「為什麼主角要對不認識的讀者我，如此思路清晰地訴說自己的事呢？」為了不讓讀者發現「所謂小說，就是人工虛構的敘事」，如果採用這個手法，就必須貫徹「主角對讀者傾訴」的體裁。這麼一來，寫作就會受限而無法自由發揮。所以我才會覺得「如果沒有好的戰略或足夠的信心，最好不要只用說明來寫小說，以描寫來鋪陳才是比較好的做法」。

不過，每件事都要描寫的話，不僅麻煩，故事發展也會變得緩慢。要如何拿捏這其中的分寸，真的很難啊……

舉例來說，我在某篇散文最後一行這麼寫道：

不容遺忘，今夏的天空依舊那麼藍。

在此，「藍」只是單純的說明，因為這是有關民喜◆的小說《夏之花》（廣島核爆的故事）的文章，我判斷不需要太繁瑣的描寫。只要用「藍」這個字，讀者應該就會自行解讀。不僅是散文，小說也是同樣的道理。根據狀況，有時刻意採用說明，反而能讓小說產生更多想像的空間。

◆日本小說家與詩人，出生於日本廣島縣廣島市。

當然，我也曾被人指出「這不是描寫而是說明」的問題。當時的出版經紀人讀了我第一篇小說（《女大生求職奮戰記》）的初稿後，提醒我有這個問題。我已經不記得當時的初稿內容，大概是這樣的感覺：

外頭明明是好天氣，我卻必須像這樣跟腳麻奮戰。呆望窗外那一小片天空，視線轉回室內。

多虧對方提醒我「『好天氣』這個寫法有問題」，我才發現「原來小說裡的描寫非常重要」。後來出版成書，前面那一段修改如下：

外頭明明是符合「五月晴」這個形容、最適合「跟宇宙連結」的天氣，我卻必須像這樣跟腳麻奮戰。呆望窗外那一小片藍得令人發涼的天空，視線轉回室內。

如今看來，這樣的描寫實在算不上高明。但當初給經紀人看我修改過的稿子時，對方非常高興地稱讚：「沒錯！就是這樣！」而我就是「被誇獎就會成長」的類型啊。

之後，我一直刻意留心這一點，每次出現「好麻煩喔！好想放棄」的念頭時，我都會提醒自己站穩腳步，以恰到好處的描寫來鋪陳劇情。正如我一直以來強調的，思考何謂最適當的描寫，有助於顧及小說整體（讓描寫成為伏筆或暗示）。而且，描寫也能成為線索，讓讀者想像角色的心情、行動和動作，有助讀者更親近該角色，同時還能培養作者思索「讀者會如何看待這篇文章」的客觀眼光。

千萬別怕麻煩，請耐著性子，好好鋪陳作品裡的描寫。同時還要留心「過猶不及」的問題，因為描寫過頭會導致故事情節無法推演，文章也會顯得拖沓，請大家務必摸索出最恰到好處的程度喔……

老實說，這一點連我自己也做不太到，老是這樣強人所難，對大家真的很不好意思。讓我來比喻的話，恰到好處的程度就像是「欸這納豆不太會牽絲耶。」不對！那是納豆發酵過頭壞掉了啦！吃下去會拉肚子喔！

該如何拿捏描寫的分寸真是太難了，連我也想不到適當的比喻。我可是人稱「比喻王」的三浦耶……！好啦，其實沒人這樣稱呼過我。

總之，過度的描寫就像「納豆太會牽絲，吃完後三天嘴巴裡都黏黏的」，通篇都是說明又像「忘記買納豆配，只能哭著大口吞白飯」，每個人都是歷經各種失敗，最後才一步步成長為大人（？）的，千萬不要洩氣，期望各位都能掌握描寫的要領，寫出最恰到好處的程度、份量及頻率喔！

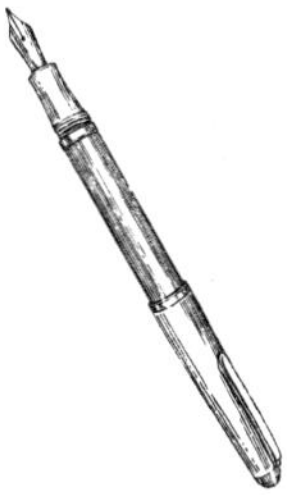

第十九道

小說寫作時的心態

——回應各位顧客的疑問（1）

專欄連載期間時，我曾向讀者募集寫小說時的煩惱或問題。結果，收到許多讀者來函提問：「這一點讓我很困擾啊。」、「這個時候該怎麼辦？」謝謝大家。

除了寫作的煩惱與問題，甚至還有人表達對連載的鼓勵以及對拙作的感想，我真的很開心，同時也相當惶恐。是不是因為我經常嚷嚷：「人家已經沒有什麼好寫的啦！」像這樣子鬧脾氣，害大家擔心「再這樣放任她不管的話，街道會被破壞殆盡！大家趕快想辦法鎮住這頭怪獸……

盡量提出疑問或感想給她！」讓各位如此費心，我真的很慚愧，也很不好意思。由衷感謝！

因為大家的愛心，怪獸終於恢復神智停止暴動，開始靜下心來認真看大家的意見。就連熟知怪獸生態的村中長老也相當驚訝：

「根據俺阿公那一代留下的傳說，『那傢伙不是在暴動，就是大口吃著午餐邊看雜聞秀◆』……最近竟然肯乖乖坐在書桌前，真是太驚人了……」

如此認真的程度，算是進入令和時代以來破天荒第一次。

因為令和時代才開始不久，可能有人會覺得「這樣也不算多認真吧？」也或許是電視上的雜聞秀一直嚷嚷「令和首次、令和首次！」（請別吐槽我：「你果然還是看了雜聞秀吧。」）所以人家也忍不住想試試嘛！接招吧！這是我令和首次認真攻擊！吼嗚！

如果是這類蠢話，再多我都寫得出來，可是一旦發揮這項專長，就

◆ワイドショー（Wide Show）為日本一種電視節目形態，屬於新聞節目的領域，內容以社會新聞、娛樂新聞等軟性內容為主，播出時段大多為平日白天，觀眾以主婦、老年人為主。

一直無法提到正事。對了，讀者來信中也有人煩惱「劇情一直無法推進」。我想，會不會是因為不知不覺之間寫了太多蠢話呢？無須太在意這一點，想寫蠢話就盡情地寫。開玩笑啦（其實我是半認真的）。我認為劇情無法推進的煩惱應該與「構想」或「架構」有關，之後我會認真思考這方面的問題再回覆大家的提問。

認真看過大家的意見後，我發現主要的煩惱和疑問，大致可以分為幾大類型。因此，接下來我將以三道料理的份量，盡己所能地回覆各位的提問。無法個別一一回覆實在抱歉，但這麼做大家就會發現「原來有人也跟我有同樣的煩惱」，希望我的回答能幫得上忙，成為各位寫作時的參考。

那麼，現在就開始吧！首先是「寫作時的姿勢」。此處的姿勢指的不是「駝背」之類的舉止姿態，而是寫作時的環境或心態。對了！以下列出的各項提問都經過我本人適度精簡文字，還請多多包涵喔！

問：寫小說時，該如何打造讓自己專注的環境呢（具體來說，例如工作桌該怎麼準備）？（萌子）

第一個問題就很難回答呢！這真的只能回答「因人而異」，就像有人喜歡在咖啡廳寫作，有人喜歡在自家客廳的桌上，也有人會將寫作空間與自家分開，另設專門的工作室。

我自己是在家裡闢出一個工作專用的房間。有時迫不得已也會在咖啡廳或出差下榻飯店裡寫東西，寫散文還可以，但小說若不是在自家的工作桌寫，我實在是無法專注。不論是咖啡廳或哪裡都可以，重點在於一定要養成「在這裡寫會特別順手」的習慣。

說到我的工作室和工作桌啊，上頭堆滿了紙張、資料、文具之類的東西，簡直亂七八糟。人家就是非常不擅長整理嘛！其他房間還勉強能保持「人住的」樣子（不過，地上到處堆著書櫃放不下的書或漫畫就是了），唯獨工作室真的沒辦法啊！我覺得與其花時間整理，還不如拿來寫作，請理解我對寫作的這份熱情……嗯，你猜對了，其實是因為我最討厭且不擅長的家事就是打掃啦。不過，對我來說，工作室亂一點反而比較能專心。

如果是愛乾淨的人，應該比較重視使用功能，也比較適合工作桌周遭整潔的環境。關於這方面，只能靠各位自行找出符合自己喜好的場所和環境。至於寫作時該使用怎樣的電腦或文書處理軟體，也是一樣的道理。

這裡說的「符合自己喜好」，指的是「容易養成習慣」。應該沒有人明明體質不適合，味道也不喜歡，卻每天早上一定要喝咖啡吧。只有符合自己喜好，才能持之以恆並養成習慣。因此，只要打造出自己覺得

「舒適」的環境，即使當天沒什麼勁，但只要刻意養成了每天在固定場所寫東西的習慣，就會像「巴夫洛夫的狗◆」那般產生條件反射，「只要待在這裡就想寫點東西」。

關於寫作的時間，有人適合在「平日早上九點到下午六點」的固定時段寫作，也有人像我一樣「被硬性規定就會渾身不舒服，寫作時間完全根據當下心情」。這方面其實沒有硬性規定，無須過度勉強，只要掌握好自己的步調即可。

還有，人類基本上是無法專注的生物，這點請務必覺悟。即使房間髒一點（其實是很髒）也不會死，閒暇之餘靈感來了，就用鉛筆在紙張背面寫下突然想到的情節或台詞。不用過於執著「無法專心一定是這個害的」，只須在自己覺得舒服的地方、想寫東西的瞬間，盡情去寫就是了！

祝大家都能心情愉快地寫小說。

◆俄羅斯科學家巴夫洛夫（Ivan Petrovich Pavlov）在狗身上做的條件反射實驗，他把食物拿到狗面前晃給牠看，卻不馬上餵食，而是先搖一個特別的鈴鐺，發出「噹噹噹」的聲響後，再把食物餵給狗吃。反覆做了幾次之後，巴夫洛夫發現：即使不再拿食物到狗兒面前，只要一搖鈴鐺發出聲響，狗就會不由自主地流下口水。

問：有時會看不清自己作品的缺點，周遭又沒有適合的人可以幫忙看我的小說，不知該找誰給我建議才好。（柚花開等人）

提出這個疑問的人，同時也寫了對自己作品的客觀分析，像是「感覺力道不夠強」或「架構似乎不太好」。所以，根本無須擔心這個問題！

每個人都會有「看不清自己作品缺點」的時候，倘若人人都能看清自己的缺點，世上就沒有爛作品了。但現實就是爛作品一直無法從這世上消失，也就是說……啊！好痛！說這句話簡直就像拿鐵鎚敲了自己的腦門一記。

由此可知，評判自己的作品真的很難，所以寫作時才容易覺得不安。不過，各位雖然如此煩惱，卻還是能夠好好地分析自己的作品，所以請更有自信一點！

能對你寫的東西投注最多熱情與力氣的人，除了你自己別無他人。

正因充滿熱情且傾盡了全力，當你的想法無法完整地傳達給讀者，或得到世人認同時，就會格外沮喪，忍不住大喊：「可惡！」會有這種反應很正常。因為我自己也常在心中尖叫：「老娘寫的東西明明更有趣啊！」

不過，創作本就不同於靠時間或分數決一勝負的競技比賽，每個人的感受跟喜好天差地別，結果無法盡如人意也是常有的事。日本知名影評淀川長治老師曾說過：「任何電影一定都有優點。」沒錯！每個人寫的小說也一定有其優點。（當然也一定會有不足的地方，但並不是「缺陷」，希望各位正面一點將它當成自己的個性或獨有的韻味！←疾呼）我經常反省自己覺得「老娘寫的東西更好」，是否只是出於單純地嫉妒他人。有那個時間尖叫的話，不如反覆從錯誤中學習、努力嘗試如何才能將你想表達的東西更好地傳達給讀者。

因此，在客觀審視自己作品的同時，也請將你的熱情與力氣傾注在寫作上。帶著愛，將你想說的事傳達給讀者。所謂的「愛」，既是對某一事物（此處是自己的作品）的在意，同時也是對相互理解的期望。在意自己的作品，與期望透過作品跟自己以外的人相互理解，兩者既能並立，而且同樣重要。「客觀性」乍聽似乎有些冷冰冰，但我認為真正的客觀性，就來自想要與他人相互理解的這份愛。

也許有人會認為，為了能夠相互理解，所以才需要他人對自己作品的建言。拜讀大家的提問時，我發現不少人都會煩惱「是不是該讓別人看自己的作品，聽取他人的建言」。

老實告訴大家，別人的建言根本沒有用！

啊……我又說出危及本書存在意義的發言。但這是我的真心話，理由如下：

首先，無法評判自己創作的人（即使難以做到完全客觀，至少也該達到一定程度），不適合寫小說。

那麼，該怎麼做才能具備評判作品的能力呢？我認為還是只能藉由閱讀小說來培養（有些人即使不用多讀小說也能寫，還能客觀地評判自己的作品，但這只有極少數的天才做得到，我本人是還沒見過這樣的人啦）。

唯有透過閱讀，去邂逅讓自己說出「我喜歡這篇小說」、「這就是小說嗎？真了不起！」的理想作品，你才能判斷「我所寫的東西，好像有些不足？」、「該怎麼做，才能以自己的風格寫出嶄新且有趣的小說呢？」並想辦法去實踐。

無須太過焦急，請先充分享受讓你感到「好喜歡喔」、「讀起來好開心」的小說（不僅是小說，所有創作皆是，只要符合你個人的喜好即可）。經常分析「為什麼我會喜歡這個呢？」、「這篇小說這麼有趣，究竟是怎麼寫出來的呢？」也很重要。在此雖然用了「分析」二字，但其實不用想得太難，大抵就是「試著思考看看」、「試著組織成語言」的程度。

鑑賞並思考他人的創作，不斷重複這個過程，你會逐漸了解自己喜歡的東西、想寫的東西，或自己的作品所欠缺的是什麼。

對了，如果你的朋友、同事或家人中有喜歡創作的人，你可以跟他們討論對某作品的感想或想法，同時請對方推薦他們喜歡的作品，並試著閱讀。跟他人討論，可以讓你的思考進入全新的層次，並知道他人對創作有什麼感覺、何種想法，這些都能成為很棒的參考。請別人推薦他們喜歡的作品給你，有時還能邂逅自己守備範圍以外的更多傑作。

不過，最好不要問朋友、同事或家人對自己作品的感想。因為彼此太熟，對方肆無忌憚的批評可能會引發口角，不然就是礙於情面不敢說真心話，基本上沒什麼好處。

我屬於不會主動詢問身邊親友有何感想那一派。友人偶爾會對我說：「那部作品我讀了，很不錯！」聽到時真的超高興，簡直像要飛上天。不過大多數情況下，友人幾乎不會主動跟我說他們的感想。我想並不是因為「我寫得不好」，而是對方「沒注意到我出書了」。對，正向思考很棒！

我之所以說他人的建言沒有用，第二個理由在於，能夠給予有用建議的人，其實不多。

嗚嗚，我又說了自殺式發言。老是說出這種危及本書信賴度的發言，非常抱歉。但是，給別人建議真的很難，簡直是不可能的任務！這是我長年連載這個主題時，內心反覆出現的深切感觸。

即使讀了很多書，能否具備評判作品的眼光又是另一個問題。更何況，那些批評對實際寫作是否真有幫助也很難說……各位現在應該明白要找到合適的人，並請對方幫忙看自己的作品，是多麼困難的一件事吧。

即使是專業小說家，寫作時也只有自己一個人。編輯更不可能手把手地指點。一切只能靠自己判斷，默默地寫。

等小說完成，編輯或校閱人員讀過後，有時會給你建議或指正，像是：「這個地方會不會有些難懂啊？」、「這邊的時間順序是不是不太對？」但並不是所有編輯都能提供實用的建議喔！尤其是不擅長閱讀原稿的新手編輯，有時連一個建議或指正都提不出來。

可能有人會問，那這類編輯的工作是什麼呢？他們擅長思考書腰上的行銷文案或書籍設計裝幀的風格，他們具備的資質與才華，跟閱讀原稿所需的不同。就像每個人對小說的喜好或評價標準各不相同，每位編輯擅長的專業也不盡相同。

所以，寫完原稿之後，（無論是否有他人的建言或指正）自我評判還是相當重要。當然，你仍要虛心傾聽你的第一個讀者、即編輯的意見或感想，並冷靜地評估是否要採納利用。

如果你還沒出道，當然不會有編輯或校閱人員幫你看稿子，要找到能給你實用建議的人，更是難上加難。而且，即使有幸遇到這樣的人，最終判斷「怎麼做對作品最好」的人，終究是你自己。

聽說最近可以在網路上發表作品，聽取讀者的感想、互相批評指教。基本上我覺得這是好事，但還是要注意別太被他人的意見影響。正如我一直以來所說的，真正對作品有益的實用批評其實不多，「寫作時只有你自己一個人。接受他人對作品的評價，細細咀嚼，並判斷接下來該如何活用（或是無視批評，只走自己的路）的人，也只有你自己」。如果不能以這樣的覺悟或心態面對自己的作品，只會被他人的意見所惑，因而迷失方向。

而且，過度追求讀者的回應（感想或批評），為了寫出更多的小說，可能會陷入粗製濫造的風險。熱情這種東西不可能源源不絕。就跟戀愛一樣，熱情終會消退，心中那把火焰總有一天會熄滅。如此寶貴的熱情，若在出道之前就消磨殆盡，未免太過可惜。若不是發自真心「想寫這樣的作品」，只為得到讀者的回應而硬逼自己寫作，終究會有疲乏的一天。

可能有人會覺得，我這麼說似乎跟前面提到的「將想法傳達給讀者」相互矛盾，坦白說我在寫作時從未想過「別人會怎麼看這本書？」但完稿出版之後，我還是會因為在意而在網路上搜尋讀者的感想就是了。

專注於作品，做出對作品最好的判斷，這麼做就等於「致力於將想法傳達給讀者」。寫作時若滿腦子都是「這樣寫讀者會喜歡嗎？能不能得到他們的回應呢？」只是徒增干擾，因為這些都是邪念！會有這種想法，就代表你認為作者可以隨心所欲地操縱讀者的閱讀喜好。你這傢伙，別小看讀者和小說！

對了，前面也提過，我是會在上網搜尋讀者感想（主要是新書上市後）那一派，但其實我不建議這麼做。因為有些人看到負評會大受打擊。而我這人倒還滿自虐的，即使看到負評，頂多覺得「喔喔，被批得好慘喔」，其中有些意見也會讓我正襟危坐，認真反省「說得有道理，之後我會多注意！」因此現在我還是會上網看讀者評論。不過，如果你非常在意他人的想法，即使只是毫無意義的無聊意見（在旁人眼中是這樣）也會覺得沮喪，為了精神健康著想，建議還是不要看他人的感想。

能讓自己的小說變得更好的人，終究只有你自己。千萬別忘記這一點，抱著自信與責任感，還有對自身作品的客觀與熱情，專注於寫作吧。

問：您覺得寫小說需要豐富的人生經驗嗎？（狸克）

喂，為什麼總是提出這麼難回答的問題啊！實在是超出我的能力極限啊！

呵呵，開玩笑的啦！儘管這樣的問題非我能力所及，卻相當重要。狸克還仔細寫了自己的感想，以及自己為何會煩惱是否需要人生經驗。非常感謝你。

基本上，我認為人生經驗對小說寫作來說並不是那麼重要。你想啊，「必須有殺人經驗才能寫殺人小說」不是很不合理嗎？就算沒殺過人，還是可以寫殺人小說啊，因為我們擁有想像力。

那麼，什麼是想像力的泉源呢？我認為是對他人的體貼（共感力）、入戲的能力及知識。還有，統御並蓄積這一切的語言能力。

我們可以放任想像力奔馳，去想像那些實際上不曾見過的人或架空的人物。思索「現在，眼前的朋友是怎樣的心情呢？」或「如果我是那個人的話，應該每天都會過得很快樂吧。」將自己寄託在憧憬的人身上，並沉浸於想像之中。或是藉由書籍或電影，得知過去的悲慘事件或當前社會的問題點，在義憤填膺的同時，思考「如果是我會怎麼做？」

一個人實際可以累積的經驗有限。但藉由想像力，我們可以超越自身限制、超越時空，去理解某人的想法、體驗某人的人生、得知某人的經驗。而構成想像力最大的要素，就是語言。沒有語言，就無法產生纖細的情感，無法仔細感受發生在自己及他人身上的事，也無法正確地感受並表達世上某處正在發生的某些事。

也許有人會認為，想像力或感受力屬於感性的範疇。但我認為語言才是這些能力最大的要素。因為學會使用語言，我們得以更深入地思考，藉由思考來孕育情感，藉由周遭人的體驗、從書籍得到的知識，來細細感受自己的情感，並在自身內部將那樣的情感化為語言，更加深入地思考。不斷重複這樣的過程，我們得以鍛鍊自身的想像力與感受力。

因此，我才會認為「是否有實際經驗，對寫小說而言並非那麼重要，因為我們擁有想像力」。可是，有一點千萬不能忘記，那就是「為了獲得構成想像力最重要的元素，亦即『語言』，需要時間以及經驗的累積」。

想要學好一門外語，不是付出極大的努力、時間與實踐嗎？（因為我沒學好過任何外語，這麼說也只能算是「想像」。）其實學習母語也一樣。嬰兒要能流利地說話，雖然情況多少因人而異，大概也得花上三年吧。更何況，想要有條理地思考並想像他人的情感，需要花上更多時間才能具備相應程度的語言能力。「唉呀，我沒考慮到對方的心情，說了不該說的話……」像這樣子，即使經歷失敗仍不斷地累積經驗，窮其一生都要不停磨練自己的語言能力與想像力。

在運動、音樂、數學、將棋或圍棋的世界，有些人自幼就能發揮驚人的才華，我推測這是因為身體的協調性或鍛鍊（反覆練習），屬於跟語言完全不一樣的領域。

但是，我們幾乎沒聽過有人「十幾歲就能寫出流傳後世的小說」吧？即使有這樣的人，也只是鳳毛麟角。在短歌◆和詩的世界中，之所以能出現十幾歲就寫出不朽傑作的天才，應該跟該領域的要素有關吧，像是字數少（擷取世界一角的感性）、固定規格或格式、韻律（節奏與音律感）等等。

小說（尤其長篇小說）需要龐大的文字量。可能有人認為寫小說靠的是感性／感覺，但我不這麼認為。因為小說只能靠語言來表現，必須立基於語言的邏輯才能成形。「將難以言喻的心情落實為語言，在最佳的時機，以最有效的方式來呈現」，此過程必須全程以語言來思考，並藉由語言來實踐。因此，對十幾歲的青少年而言，寫小說的負擔比較重。理由正如前述，要習得語言，並藉由語言加深思考及情感、鍛鍊想像力，

◆亦稱「和歌」，是盛行於日本的詩歌形式，由五、七、五、七、七，共三十一音節構成。

需要累積一定程度的時間與經驗。

因此，我才主張「寫小說不需要豐富的人生經驗，但寫小說所需的語言力（想像力）必須花時間不斷累積經驗才能獲得」。

狸克，你似乎很煩惱「自己作品中的人物，情感的表現太孩子氣」。別擔心！世界上多的是孩子氣的大人。如果你還是很在意，此時想像力就可以派上用場。在日常生活中偷偷觀察周遭的朋友，思考「何謂成熟的大人……」盡全力想像自己成為那樣的人，然後寫出來就對了。成為自己以外的某個人，是必須具備想像力才能享受的樂趣，更是小說創作的醍醐味。

呼——我似乎寫得太長了。在下一道料理，我將繼續回答讀者提問，跟大家一起探討「文章的風格」以及「持續寫作的訣竅」。

〔清口時間．其三〕

跟本書完全無關的閒聊

我的襪子很常破洞。這不是跟小說有關的比喻，只是閒聊而已，卻是我非常傷腦筋的問題。說到我的襪子，拇趾前端一定會破洞，偏偏穿著破洞襪子那一天，去的餐廳不是需要脫鞋，就是在百貨公司看見很想試穿的鞋子。

我本來覺得襪子製造商應該加強拇趾的布料或針法，後來聽說有人是腳踝部分特別容易破，才知道破洞其實不是襪子的問題，而是跟個人走路方式及腳形有關！

後來，我從朋友那邊聽說世上有一種名叫「織補」（darning）的技法，利用蘑菇形狀的檯子，將襪子的破洞修補得天衣無縫，就像刺繡那般美觀。朋友補完家中所有破襪子還不過癮，正四處找尋破襪子，簡直就像每晚在外頭徬徨遊走的殭屍一樣。

我出於好奇上網一查，發現此法真能將襪子修補得相當可愛，難怪朋友會如此著迷。不但可以轉換心情，襪子還能穿得更久，簡直就是一箭雙鵰。於是我也網購了蘑菇形檯子，目前正滿心期待著趕快到貨。唉，讀書也就算了，為何我老是被這種會傷眼睛的事物吸引呢？

第二十道 文章的風格、持續寫作的訣竅

——回應各位顧客的疑問（2）

好啦，我又要來回答大家的煩惱與疑問囉！連日酷暑，熱到大腦都快融化了，讓我開個冷氣，以最佳狀態來回答。

啊，空調的遙控器無法操作。應該是電池沒電，我先找一下電池喔。

嗯……因為家裡沒有備用電池，我跑了一趟附近的超市。來回雖然花不到十分鐘，我卻像奮戰過後的相撲選手那樣汗水狂噴。請想像一下，這篇稿子是戰力完全比不上相撲選手、卻滿身大汗的生物所寫的喔。可能有讀者會覺得「好噁喔！」請大家理解我連淋浴的時間都不想浪費，一回

家就坐在電腦前認真寫稿的一片心意啊！（其實只是單純覺得麻煩而已。）

嗶嗶，空調開了，這下終於萬事俱備。我們來繼續討論吧。首先，是關於「文章風格」的問題。

問：怎麼樣才能寫出有個性的文章呢？剛開始寫作的話，可以模仿其他人的文章嗎？（麻雀等人）

「總覺得自己的文章跟某小說家的風格很像……」、「無法寫出擁有自我風格的文章……」有好幾位讀者都提出類似的煩惱。

關於這一點，我的想法非常明確。相似、模仿什麼的都無妨。不過切記，不可以盜用別人的文章喔！我並不是在鼓勵「剽竊」，而是要各位無須太在意這種心情：「寫著寫著，感覺自己的文體跟別人的越來越像。」、「這個文體是不是在模仿小說家○○老師呢？」

理由就在於，個人自認「似乎很像」的判斷，百分之百都是錯覺。

當然，節奏感或用字遣詞也許會受到讀過的作品影響。這道理就跟人們會被喜歡的人或崇拜對象影響，因而下意識地去模仿對方的穿著或動作一樣。夫妻相處久了，不僅身上會散發出類似的氣質，就連長相也會越來越相似，變成了所謂的「夫妻臉」。

但是，有夫妻臉的情侶或夫妻會因此變成同一個人嗎？當然不可能！即使多少會受到對方影響，兩人仍是完全不同的個體。「再怎麼愛一個人，也不可能變成對方。」這個道理大家都懂，卻對文章的風格（文體）過於執著，擔心「會不會太像A」、「是不是模仿B」，只能說是杞人憂天。獨立個體基於各自的思考、感情、天生的節奏感、詞彙量、經驗與想像力所寫出的文章，一定會具備不同於他人、唯有當事人才寫得出來的風格（文體）。因此，根本無須太擔心。

像我就非常喜歡夏目漱石的小說，也試著想像一下自己拿著書稿給漱石老師過目的畫面。三浦說：「我超喜歡老師的小說，總覺得自己的文體似乎跟您的太像……」漱石老師嗤之以鼻：「哼！妳哪來的自信覺得跟我輩的文體很像？」（貓咪會用「我輩」稱呼自己，但漱石老師似乎不會。）嗚，殘念！不像嗎？好啦，其實我有自知之明。

如果因為「喜歡」或「經常閱讀」，文體就會相似，寫小說根本就無須花費太多力氣。而且，這世上就不會有這麼多小說家了。在寫作過程中，作品會自然地醞釀出獨有的文體與韻味，所以小說（包含所有形式的創作）才會這麼有趣多元。

受到喜歡的小說影響是常有的事，雖然有時會擔心「我是不是在模仿」，但那仍是出自你的腦袋、專屬於你的文章。請對自己更有信心一點！

不過，我懂那種擔心自己「是不是在模仿」的心情。因為小說只能靠語言來表現。

但語言並非你我獨創的產物。也就是說，小說創作使用的本來就不是「原創」的元素，而是既有的語言。因此你才會覺得不安。

以畫漫畫為例，個人的身體協調性會直接反映在畫面上。每一個漫畫家擁有的肌力與觀察的敏銳度，會化為其特有的「線條」表現出來。光看一個分格，不，光看角色身體的一部分，我們就能判斷「啊！這是○○老師的漫畫。」（是吧？難道因為我是熱愛漫畫的宅女，所以才分辨得出來？）

不過，就算能看出「這個人應該非常喜歡○○老師的漫畫，所以受到影響」，一個漫畫家若是完全捨棄分鏡之類的漫畫文法，其作品也無法稱之為漫畫了吧。就連漫畫也不是百分之百的「原創」。其實，所有創作都必須立基於前人所建立的基礎上。

不過，跟漫畫相比，小說的確較難一眼就看出文章的個性。因為是使用既有的語言來創作，即使是手寫稿，印刷成書之際也會轉換為印刷字體，缺乏一眼就能看出「是這個人寫的東西」的明確標誌（＝不容易感受到個人特性的體現）。我也有自信「如果改用別的筆名寫小說，應該不會被發現是我寫的」。雖然不知道這點是否值得自豪，不過這不就代表我超沒個性嗎？

然而換個角度來看，所謂的「個性」就只是這種程度的東西。這麼想會不會覺得輕鬆一點呢？但即使個性不明顯，還是要絞盡腦汁地寫作喔。這麼一來，總有一天會培養出個人專屬的文章風格與文體。因此，你真的無須過於擔心。

問：無法寫出想寫的文章，雖然有想要描寫的事物，卻無法以言語來完美表現。（二戶雪）

小田和正的名曲《難以言喻》之所以創新，就在於他顛覆了「將無法說出口的心情寫成歌詞，再配上旋律就是『歌』」的既有觀念，直接唱出：「難以言喻」四個字，這算是在偷懶嗎……當然不是！凡是聽過這首歌的人，應該都很明白這一點。

《難以言喻》的副歌雖然只有哼唱（？）和「難以言喻」這一句歌詞，副歌之前卻明確地說明（描寫）了「為何難以言喻」。

就是這樣。

雖然我也想仿效小田和正先生，言簡意賅地說明，但感覺這麼做會被大家抗議：「『就是這樣』到底是哪樣？」

在此還有一件事可以向《難以言喻》學習。《難以言喻》之所以能成為名曲，除了「副歌之前明確說明了理由」，還有另一個原因。小田先生的美聲搭配優美的旋律，讓聽眾打從心底認同「這樣的心情難以言喻也是正常的！反正我懂……我超懂那種感覺啊……！」

反觀只能以文章來表現的小說，不可能光以一句「難以言喻」、「就是這樣」來帶過，因為這樣讀者就無法理解你想要表達的事情。

即使如此，你也無須因為「人家就是沒有美聲跟優美的旋律啊……」而絕望。因為小田先生已經提示了明確的答案給我們，那就是「雖然那件事難以言喻，但我們可以仔細地描寫難以言喻的理由」。即使核心部分的描寫很困難，但藉由描寫周邊人事物，以及人物截至目前的行為或心情、乃至風景等來鋪陳情節，讀者還是能夠想像「啊！此時的心情的確難以言喻呢」，並接收到作者想傳達的訊息。

那麼，該如何培養描寫力呢？前面我曾提過，「磨練文章的速寫力」是最快的方法。請各位在日常中訓練自己，把當下眼中所見、耳中所聽的事情，在腦內轉化為文章。「……」現在可不是模仿骷髏13（Golgo 13）◆說話的時候。請培養在腦中將所有事情構成語言的瞬間爆發力。

就像運動選手會練習跑步和深蹲，畫家會練習速寫，寫小說的人如果不天天進行「在腦內寫文章」的基礎訓練並養成習慣，就無法寫出好的作品。

◆日本漫畫家齊藤隆夫的作品《骷髏13》中的同名主角，是擁有超一流狙擊能力的殺手。該角色的特色之一，就是對話中會頻繁地出現「……」，《骷髏13》獲金氏世界紀錄認證為全世界發行最多集的漫畫。

等習慣以後，無須刻意，大腦內部也會處於將所有事情化為語言的狀態（因此大腦容易覺得疲累，必須適度地休息，就跟運動選手一樣）。不過有些人即使再怎麼刻意練習，也無法馬上在大腦內順利完成一篇文章。

此時要做的，就是增加自己的詞彙量。也許有人會懷疑「這樣行得通嗎？」一個人能掌握的詞彙越多，就越能提升其文字表現的自由度。當然，最好也要具備一定程度的文法力。想要培養這些能力，多閱讀及多與人交流是最好的方法。好好地思考（在腦內進行語言化）「這個人（或是這本書）想要表達什麼」，有不清楚的詞彙就查閱字典，不斷重複這樣的練習，就能提升自身的詞彙量與文法力，也就能更順利地將自身的想法化為文字。

還有……多做國文閱讀測驗的練習題也意外有效。話說，我從沒見過「非常不擅長閱讀測驗」、「明顯欠缺解讀能力」的小說家。我想應該還是有這樣的人，但大多數小說家都是「即使其他科目不及格，但國文就算邊挖鼻孔邊答題也能考到近滿分」。小說家中這類「挖鼻孔國文考滿分派」的比例，應該比其他職業高很多吧。

也許有人會反駁：「國文考試這種東西，只要掌握技巧就能考好，既非真正的『解讀』，也不是『文章鑑賞』！」但重點正是「技巧」，也就是「解讀出題者的意圖」。「雖然我覺得還有其他正確答案，但既然選項裡沒有，代表你的想法就是這樣吧」，像這樣針對文章及自己本身來進行「分析」，「讀懂」對方的心。

在現實人際關係中，我們必須觀察他人的表情或聲音，還有至今在交流中得到的經驗法則，從各方資訊來進行綜合判斷。但國文閱讀測驗只須從文字來判斷、思考即可，應該能夠成為寫作的基礎訓練。

不用緊張，這既非考試，也不是小說家認證考試，只須以輕鬆的心情面對即可。無論閱讀、聊天或做閱讀測驗都無妨，最重要的是找出自己能愉快進行的方法，一步步地刻意訓練「大腦內的文章化」（＝速寫力）。

還有讀者提出這樣的煩惱：

問：該怎麼寫出具輕重緩急、跌宕起伏的文章呢？（八十八）

問：我的文章看起來就像商用書信一樣……（鬍鬚貓）

關於八十八的問題，可以參照先前針對「寫出有個性的文章」與「無法寫出想寫的文章」這兩個煩惱的回答。

覺得自己的文章「毫無高低起伏」，也許只有八十八你一人，就算是真的，也是專屬八十八的獨一無二文體，不如乾脆將這個特色發揮到極致，也許可以另闢蹊徑喔。不過，如果你的文章真的是「負面意義的毫無起伏可言」，代表你的問題出在「無法隨心所欲地驅使文字來自由表現」，建議你加強詞彙量、文法力與速寫力。

文章畢竟也是由血肉之軀的人類所寫，習慣與訓練（重複「思考→實踐」的過程）出奇地有效。只要多加訓練，（文章的）肌力與柔軟度就會提升，自然就能培養出節奏感。

鬍鬚貓的煩惱也是同樣的問題，請參照前面針對「無法寫出想寫的文章」的回答。

不過啊，「像商用書信一樣的小說」我覺得超強的耶！到底是怎樣的小說，連我都想讀了！感覺這不是想寫就寫得出來的，不妨將自己的特色化為優點，找出能活用「像商用書信一樣的文章」這個特色的題材或設定，嘗試轉換一下發想也不錯喔。千萬別太執著於「小說非這樣不可」的限制哦！

好的，接下來讓我們思考一下「持續寫作的訣竅」。

問：我很擔心，不知道自己能不能寫出一百張稿紙的小說。（渚）

問：有沒有能讓小說順利完結的訣竅？寫作的過程中，我經常對自己的文章感到絕望，覺得「怎麼會寫得如此支離破碎……」而屢屢停筆寫不下去。（三月）

有好幾個人都提出了類似的煩惱，讓我覺得「比起其他提問，這個提問似乎充滿了悲壯感……」大家都因為距離終點太遠而頭暈目眩，就此體力不支昏倒在半路上了吧。醒醒啊！先喝口水、喘一口氣吧！

不管是數百張或數千張稿紙，你一定寫得出來，也絕對能順利完結。沒什麼好擔心的！

我剛開始寫小說時，也曾擔心過「篇幅是五百張稿紙耶！大家到底是怎麼寫的啦？我根本辦不到啊……」如今的煩惱卻是「怎麼寫都無法完結！我……是不是膀胱無力才會一直尿不乾淨啊?!」小說不是篇幅長就好，先決定適合自身當下能力與作品的份量，再致力於完成作品。這才是真正的捷徑。

寫小說常被喻為是在跑馬拉松。我是個完全不愛運動的人，當然也沒跑過長跑，但我認為兩者的確有相似之處。尤其是寫長篇小說，持久力、耐力（即使只寫一點點也能持續寫下去）更是缺一不可。

前面提過，想要培養描寫力，「磨練文章的速寫力」（平時就在腦中進行語言化的練習）相當有效。總之就是先習慣將所有事物（風景、感情等）轉換成文字，然後訓練瞬間爆發力。

不過，在腦內進行語言化與實際寫成小說文章，兩者還是有些許的不同。就像畫家為了培養速寫力在素描本上練習，與在畫布上畫正式的作品，兩者所需的時間跟心力還是不能相提並論吧。後者是一旦覺得哪裡不合心意，就會用顏料塗掉重畫，一直畫到滿意為止。

小說也一樣，基本速寫力雖然必要，但實際寫作的話，還需要可持續寫作的能力。

只要養成「文章速寫力」這樣的瞬間爆發力，腦中就會自然浮現「我想寫出這種感覺的文章」的想像畫面，甚至想到具體的句子。此時你就能將腦中的文字先輸出到電腦（或稿紙），再進一步地字斟句酌。

此時，除了考慮「眼前這行字是不是最適合的表現」，還要保持內心視野寬廣，留心與前段文章的整合度、作品整體的架構、出場人物各自的心情等，再三地反覆推敲，耐心斟酌字句。要以如此謹慎的態度寫上幾百張稿紙，當然需要花上大把時間，倘若能一直保持在內心與寫作的最佳狀態也就算了，倘若遇到瓶頸卡住，就會心生沮喪：「我到底想寫什麼啊……超絕望的……」

千萬別喪氣！即使是龜速也沒關係，以完成作品為目標，一步步朝著目標前進吧！除此之外別無他法。

在此有個好消息要告訴大家，之前我向長跑選手取材時，對方告訴我：「比起瞬間爆發的肌力，持久的肌耐力更容易藉由後天的努力來培養。」如果是一百公尺短跑，成績有很大部分取決於選手天生的肌肉性質，但如果是馬拉松，即使一開始是完全的新手，只要練習就能夠確實地縮短時間（當然，要達到奧運參賽的程度，除了努力，個人的資質仍然占很大的關鍵）。

太有道理了！無論是上了年紀的人還是運動白癡，比起挑戰一百公尺短跑，之所以有更多人選擇慢跑，就是因為長跑更能享受到努力所帶來的成果，還能根據自身的步調來訓練。以上純屬個人推測，因為我絕不會去嘗試什麼慢跑啦。

同樣道理也能套用在文章的瞬間爆發力與持久力。當然，採取適合自己的訓練方法，也能夠鍛鍊文章的瞬間爆發力。但因為詞彙無法馬上倍增，對已經擁有相當詞彙量的大人而言，「進步」幅度很有限。因此，就算努力訓練培養「文章的瞬間爆發力」，也比較難以立即看到令人驚喜的成果。（即使如此，還是一定要訓練喔！）

不過，「努力不懈地寫作」的「文章持久力」，只要養成習慣就能見效。每完成一部作品，都能拉長你的長跑距離（增加稿紙的張數）。因為「思考力」與「下功夫的方法」會隨著寫作經驗的累積不斷地提升，更容易想出不同的組合與變化。一個人能記得的詞彙量雖然有限，「如何活用有限的詞彙」卻有無限的可能。

雖說如此，要從已知的詞彙中挑選、該如何組合中選詞彙來營造文章的風格與節奏感，與每個人的感覺、思考迴路等「個人特色」息息相關。想藉由訓練來完全改變一個人的性格或價值觀，幾乎是不可能的事，也沒必要勉強自己這麼做。即使有些不夠帥氣或稍微古怪的地方，也是「個人獨有的特色」，而這樣的特色對小說來說格外重要。

培養持久力的時候，切記「不可漫無目的地寫」。有馬拉松選手會在不知道路線的情況下跑四二．一九五公里嗎？不會！有人會在不清楚皇居方圓數公里的情況下跑個好幾十圈，直至力竭倒下嗎？當然不會！

這麼做不但白費力氣還可能累死自己，一個不小心就會面臨肌肉斷裂或出人命的風險。如果事前沒有掌握好路線及距離，妥善分配步調並適當補充水分，就沒有辦法跑完長跑。

小說寫到一半卡住、因為看不到終點而半路倒下，大多是因為事前的構想與架構準備得不夠完善。還沒掌握路線就急著開跑，導致無法做好步調分配及補充水分，結果體力不濟而倒下。

此處的「構想」是指「人物或故事舞台的設定、想寫出怎樣氛圍的作品」；「架構」則是「要在哪裡加入怎樣的插曲，如何推動整個故事的發展（起承轉合）」。

該以構想，還是架構為優先，取決於寫作的人以及作品的調性。不過，大多數的人都是先有構想，再去規劃具體的架構。當然也有人會同時思考架構、人物或故事舞台等設定，實在無法一概而論。

此外，在構想的階段，腦中先浮現的究竟是角色、故事舞台還是氛圍，也是根據作品及當下的狀況而定。

在還不習慣寫長篇作品的階段，先仔細思考構想或架構，等擬好一定程度的計畫再動筆會比較安心。千萬不要急躁。過於隨意的跑法，只會害你半途就力竭倒地。

也許有人會質疑，事前的構想或架構定得太死，角色或故事的發展會不會變得太過生硬，就像在舞台布景前表演的提線人偶那般不夠有生氣？這樣的風險的確存在。

不過半路就倒下的人，可能會在倒下那一瞬間弄壞布景，此時人偶身上的線早已斷掉，演變成令人不忍卒睹的慘狀。當下可不是讓你執著於「我的理想是角色會自然地動起來，自由地展開故事」，而是瀕臨生死關頭的危機時刻啊！再執迷不悟只會讓人看了直搖頭：「別說漂亮話了，快去拿水和路線圖過來！」

一開始先以「抵達終點」（＝持久力的訓練）為目標，擬好構想與架構吧。

類似「角色自然地動起來」、「自由地展開故事」的說法，其實只是謊言或誇飾。又不是靈異現象，你筆下的人物怎麼可能自己動起來，真正讓角色以及故事情節躍然紙上的，是你的大腦。這裡的「大腦」，指的是你的身體與心，還有你的情感與思考。

當你拚命專注於寫作，體內會分泌腎上腺素，由於大腦在那一瞬間處於幻覺狀態，才會在與自己的意志無關的狀態下，產生角色與故事情節自己動起來的幻覺。不過，一切只是錯覺！那一瞬間，其實你正在用自己的大腦思考、感覺，全心全意地寫作。

不過，想進入瞬間的幻覺狀態、全心沉浸於寫作，需要一些訣竅。

那就是讓自己進入「下筆如飛」的狀態。倘若你的思緒卡住，連擠出一行字都得呻吟掙扎，根本無法達到分泌腎上腺素的境界。

提前知道「再跑兩公里就有補水站」，就能激勵自己撐下去；預先知道「接下來是上坡路」，就會慎重地分配步調，避免呼吸紊亂。事前掌握好馬拉松的路線，就能順利且安全地專注於跑步。

寫作也是同樣的道理，為了下筆如飛，事前擬定好構想與架構是相當有效的方法。

在下一道料理，我將針對如何擬定構想與架構來回答讀者的提問，同時帶領大家一起思考更具體的相關問題。

第二十一道

構想、架構、角色設定
——回應各位顧客的疑問（3）

這兩個月來，我歷經了各種苦難，包括：粗心大意導致左腳大拇趾趾甲整塊脫落↓走路時為了避免碰到傷口，結果引發腰痛↓出差、出差還是出差↓截稿危機↓三代目演唱會↓截稿危機↓三代目演唱會↓截稿危機，簡直災難連連。

「是有多粗心才會讓腳趾甲脫落？」、「妳會陷入災難，主要是因為沉迷於三代目演唱會吧？這不是自作自受嗎？」我已經可以預見各位的感想與意見，但我決定裝作什麼都沒聽到、繼續往前邁進。因為，接下來我必須跟各位探討「如何擬定小說的構想與架構」這件重要大事！

無論散文或小說，最理想的狀態是「開場」與正文可以自然連結。以這道料理來說，就是「大拇趾趾甲脫落」或「三代目演唱會超棒的！」跟接下來的內容發展息息相關，構成所謂的「架構精妙」、「伏筆埋得恰到好處」等優勢。

不過在此先行預告，趾甲與三代目接下來都不會出現。這是當然的吧！如果是手的拇指指甲脫落，寫作之際可能會產生影響，但我掉的可是腳趾甲耶！況且我又不是真的認識三代目！所以，這些當然不可能跟後來的內容發展有關。這麼一來，可能有人又要質疑我「開頭不自然」、「埋的伏筆沒有用」或「架構失敗」，可是我就只是想跟各位報告近況而已嘛！

老實說，我不是很認同如今寫小說動不動就要埋伏筆的風潮。因為，人生才沒有什麼伏筆！還有，創作的伏筆是某人（作者）刻意埋下的東西，雖然我也會覺得「很棒」、「埋得好」，但小說最重要的「某些東西」，往往不是來自伏筆，而是其他部分。

當然，如果推理小說連一個伏筆都沒有，我也會抗議：「這未免太違和，而且資訊也不對等啊！」但推理小說最打動我的，往往是不經意的情景描寫、可以窺見偵探與助手性格的對話，抑或兇手在行兇之前的心境轉折。個人認為，都是因為有了這些描寫的鋪陳，才能更加凸顯圈套設計的新意，以及營造猜兇手的刺激感，這些才是讓我感動的原因，而非伏筆。

或許也可以歸結於作者個人喜好的問題。舉例來說，我就屬於不推崇電影《心靈角落》（*Magnolia*）那一派……雖然看戲時覺得「架構很厲害」，也驚喜大喊：「原來如此，那是伏筆啊！」但腦中某個角落還是有個聲音憤憤不平地抗議：「所以到底是想怎樣啦！」架構或伏筆這種東西，寫劇本時再多都「掰得出來」（但要掰得巧妙其實很難）。也因為有感於「這種東西，只要作者有心就寫得出來吧？」、「劇中角色的存在似乎是為了成就伏筆」，我實在無法舉雙手表示「我喜歡這部電影」。當初電影上映時我只看過一遍，也許現在再看會有不一樣的感想。啊！我還記得自己當時覺得湯姆．克魯斯（Tom Cruise）的演技很讚啦。（妳以為妳是誰啊？）

我當然也有喜歡的伏筆類型，最近的作品應該就是《HiGH&LOW熱血街頭：極惡之道》吧（以下微爆雷，還沒看電影的人請小心。這系列電影真的很讚，推薦給還沒看過的人）！

當轟君◆在絕望團地鬥毆中丟出石頭的那一瞬間，我忍不住（在心中）起立鼓掌。這樣回收伏筆真是了不起！真沒想到那一幕跟這一幕之間竟然有這樣的連結！我的情緒瞬間高漲，嗨翻天際。

光看電影無法斷定這個伏筆是否劇本中原本就有。（《HiGH&LOW》系

◆劇中角色轟洋介，由前田公輝飾演。

列的劇本集、設定集與幕後花絮DVD，敲碗求上市啊！無論多久我都願意等喔，琥珀哥！）感覺這一幕是考慮到轟君這個角色的特性，在拍攝鬥毆場景時根據現場判斷臨時加上去的，超讚！也就是說，丟石頭這一幕並非劇本上生硬的「設定」，而是隨著角色情緒的高漲自然出現的表演。至少拍起來像是這樣，而演員的表演也無比自然。同時，這個神來一筆也成了完美的伏筆回收。不僅非常有品味（雖然劇中角色是在鬥毆），還可以感受到「角色的存在並非為了成就作品，反而作品才是為了角色所在的世界而存在」的態度，這就是我「喜愛類型的伏筆」。

我想表達的是，「埋伏筆的方式會依個人喜好而不同，無須過於在意。」不過，「因為文筆太差而無法埋伏筆」可是不行的喔！「想埋伏筆就埋，但伏筆太多並非我喜歡的做法，所以刻意地節制」，唯有具備這個程度的能力，才能達到隨心所欲寫出想寫小說的境界。

呃、你問我達到了沒……這麼難的事，我當然做不到！也許有人又要吐槽：「那妳就別苛求別人！」可是我每天都很努力地思考，該怎麼做才能到達這樣的境界。這道料理就以大家的提問為基礎，來探討「如何擬定小說的構想與架構」。

問：請教我如何埋伏筆，以及要怎麼拿捏分寸。（小雨）

關於伏筆的程度該如何拿捏，由於每個人的喜好各異，無法一概而論。我認為伏筆跟「如何擬定架構」息息相關，也跟作者的「客觀性」有關。小說完成後回頭檢視作品時發現：「啊！這個地方埋個伏筆可能會更好」或是「之前本想在這裡埋個伏筆，結果忘記了……」進而找出需要改善的部分並研判調整的方向，是寫作相當重要的一環。

事先對伏筆毫無計畫，等初稿完成才想到「對了！不如埋下大量伏筆，在結尾來個大逆轉吧！」任何原有計畫的變更，往往需要極大幅度的調整。萬一處理不好，這部小說可能會因為改造手術失敗而死亡……志在寫出大逆轉小說的人，建議事前務必先決定好架構。

不過，如果是小伏筆的話，可以等寫完之後再修改原稿，或是將寫作時想到的好點子臨時加筆增修一下，難度並不高。能寫出「伏筆令人驚喜」的作品，作者大多一開始就以「我想寫一部伏筆絕妙的作品」為目標去構想，但我認為在寫作過程中或作品完成後，再反覆調整伏筆的細節，才能讓伏筆發揮最佳的效果。

因為從作者的角度來說，事前就決定好所有細節，寫起來一點也不有趣。不能樂在其中的話，寫作就不會順利。事前大致擬好想寫的點子，在寫作過程中為這些靈感賦予血肉、逐一修正，才是一般常見的做法。

雖然想透過具體案例來為各位說明，但我幾乎沒寫過伏筆很棒的小說……再說我也沒那個資格，厚著臉皮去解說其他小說家的作品。

沒辦法，在此只好以拙作《住在那個家的四個女人》、《昔年往事》、

《強風吹拂》等三部小說為例，為大家說明我當初是怎麼寫的。又要爆自己小說的雷了……（淚）。算了，無妨。正如我一再強調的，小說最重要的並非是否爆雷，而是文章與敘事（死命強調）！各位千萬別覺得「既然已經知道內容，就沒必要再讀這些作品了」，拜託不要啊（作者悲壯地死命請託）！

《住在那個家的四個女人》（以下簡稱《那個家》）是長篇小說。故事的靈感來自「如果谷崎潤一郎老師（以下簡稱為谷潤老師）的傑作《細雪》改寫成現代風，不知會怎樣？」如今看來，還真是既大膽又有勇無謀的挑戰。

基於此構想，而且我從以前就一直覺得谷潤老師小說中的醍醐味就在於「敘事」，《那個家》若能像《細雪》這部作品一樣，讓讀者去探究「敘事者究竟是誰」應該會相當有趣。乍看之下，《細雪》全篇都採取第三人稱的觀點（即上帝視角）來敘事描寫，但事實上也經常出現敘事視角轉移的瞬間，讓人忍不住懷疑「咦？這該不會是次女幸子的丈夫貞之助觀察四姊妹之後對讀者敘說的故事吧？」相當懸疑刺激喔！

因此，《那個家》也決定以「敘事者到底是誰」這個問題為核心，採取了以下戰略：乍看之下是完全的第三人稱（上帝視角），但其實有一個敘事者（觀察者）存在。具體來說（以下有雷），就是主角過世父親的靈魂，在一旁觀察四個女兒的生活，並向讀者講述故事。因為「小說的敘事」無論採取哪一種人稱都有做作而不自然的問題，上述寫法可以將這種問題降到最低，這點子不錯吧？

到此為止的構思，大概只花了我三秒左右。當然，此時腦中只有朦朧的想法，也沒有做筆記。

接下來就是模仿《細雪》來安排出場人物，我大致想了一下每個角色的設定，像是名字、年齡、職業、境遇等。我是那種不太會去細想角色的生日、血型、長相等設定的人，但有些作者就是會設定得越細越好。

思考人物的設定時，我習慣親手寫筆記。動筆寫東西的時候，不知為何靈感特別源源不絕，像是「啊！這個角色是這種性格的人吧。這樣的話，配上這樣的插曲應該不錯。」

四個女人給人怎樣的感覺、住在怎樣的屋子、過著怎樣的生活、房子內部的格局等等，針對這些部分大致設定之後，小說構思的階段就此結束。

關於故事的架構，我並沒有擬得太詳細。話說，正宗《細雪》的故事發展相當冗長拖沓（這麼形容似乎不太恰當），乍看之下並沒有太戲劇化的事件。看似平淡的故事發展，卻因為敘事精妙而產生了起伏，正是這類小說的特色。因此，我也決定效法，事前不擬定太詳細的架構，大膽挑戰一番。

《細雪》讓我印象最深刻的部分是水災場面、妙子的戀愛事件，還有明明是重量級長篇小說，故事的最後卻是在描述女主角雪子拉肚子了（谷潤老師，這也太嶄新了吧）。《那個家》也決定承襲這樣的做法。以上就是我在擬定本書的架構（事件或插曲的配置）時所考量的事項。接下來就是照著構想（發想、設定、計畫等）去寫，同時留意該在哪個階段公開「敘說這個故事的人，其實就是主角的父親」，才能達到最好的效果。

然而，實際動筆之後，在連載第一回的情景描寫中寫到烏鴉時，我突然猶豫了。因為我覺得「這並不是一隻普通烏鴉」。烏鴉在最初的構想及大致架構中明明不存在，但我就是覺得「不知為什麼，這傢伙似乎很想開口說話……」（也許有讀者會擔心我是不是腦袋有毛病，但我平時就是這樣，應該沒事！是說平時就是這樣嗎……這似乎不太妙耶……咳咳）。

因此，我緊急在腦中重新評估原本的故事構想。最後決定不要突然公開「主角的父親是敘事者」，而是「先從第三人稱的上帝視角（乍看之下是這樣）開始，接著轉換成第一人稱烏鴉的視角，然後敘事者再交棒一次，最後才公開『敘事者其實是主角的父親』」。我判斷這樣的設定，對「小說的敘事」及「對讀者說故事」而言，可收到更好的成效。

於是，《那個家》採用的敘事構造為：「第三人稱（上帝視角）↓烏鴉的第一人稱↓第三人稱（上帝視角）↓原先一直以為是上帝視角的敘事者，其實是主角的父親」。

這部作品大致上都是照著最初的構想來寫，唯有「烏鴉開口說話」這部分是實際寫作時才想到的點子。因為是在連載第一回（即作品非常前面的階段）出現的靈感，之後我一邊寫一邊思考「讓烏鴉來說故事好嗎？還是保守一點，即使沒有烏鴉的敘事，劇情也能順利發展」，在腦中特意調整，好讓「烏鴉敘事版」、「不讓烏鴉敘事版」，不論哪個版本都能成立。結果，因為烏鴉不斷對我施壓：「讓老子說話！」最後還是採用了「烏鴉敘事版」。

《那個家》的計畫以小說而言是否成功，就交由讀者評斷，我想表達的重點是：「即使是三秒鐘就想出來的構想，也能寫成長篇小說。」還有，「架構不必規畫得太詳細，寫作過程中想到的點子也能寫進小說，這麼一來，寫作這件事會變得更有趣喔。」當我輸給來自烏鴉的壓力，終於將敘事者的寶座讓給牠時：「這是什麼神展開啦！我是笨蛋嗎！但我為什麼會覺得這麼愉快呢？到底！」內心竟是雀躍不已。

總而言之，無須想得太困難，只要朝著你覺得「好愉快啊」的方向去寫就對了。

截至目前說明的是重視構想，但架構較粗略的小說。不過，有的小說則是架構太過粗略的話就寫不出來。

接下來以《昔年往事》為例來說明。這是由短篇與中篇構成的連作小說，在閱讀的過程中會發現各個故事之間其實互有關聯。

當初會寫《昔年往事》，是因為編輯委託我寫「以民間故事為題材的小說」。於是開始構思「怎樣的事件才能成為流傳後世的故事呢?=民間故事發生的瞬間」。

此時,我想到的點子就是:以眾所周知的幾個民間故事為基礎,改寫為全新的故事情節,各故事之間的關聯或大或小,無論是個別故事、抑或由各個故事連結而成的整體故事,都可以視為「民間故事發生的瞬間」。

接著我開始思考,要發生怎樣的事件「才能成為流傳後世的故事」(注意以下有雷),最後決定採用「隕石即將撞擊地球,只有少數人才能得救」的設定。

我非常喜歡大江健三郎的《治療塔》系列和安部公房的《櫻花丸方舟》,一聽到地球滅亡就會忍不住心跳加速。雖說這是各類創作中經常用到的設定,當時我大膽判斷「反正《昔年往事》的重點不是地球滅亡,而是『民間故事的發生』,即使是不熟悉科幻題材的我應該也寫得出來」,這又是一個有勇無謀的決定。從「民間故事發生的瞬間」開始發想,大概只花了三分鐘左右構思故事。不過，我也判斷《昔年往事》這樣的作品，事前的架構如果不夠嚴謹，實際寫作時可能會不太順利。

因此，我開始思考「要選擇哪些民間故事？」、「這些民間故事又要怎麼改寫？」、「各個故事之間該如何串聯，才能引發『隕石撞擊地球』？」由於這部作品不是連載，而是寫完之後再出版，我有足夠的時間可以詳細擬定故事的架構。

因為用文字說明太過麻煩，各位看我當時手寫的故事架構應該就能理解（請見下頁圖片）。「這張紙也太破了吧！」、「那個狗狗的圖是怎樣！」眼尖的讀者或許會想這樣吐槽，這種小事請別太在意……

說是「擬定架構」，其實也只有一頁筆記的份量。而且書中收錄的短篇小說《花》，原本的架構並沒有這個故事，是因為「稿紙張數可能不夠」才加上的。在此也施展了「事前無須定得太細，以微調來迎戰的戰術」。還真是隨便……

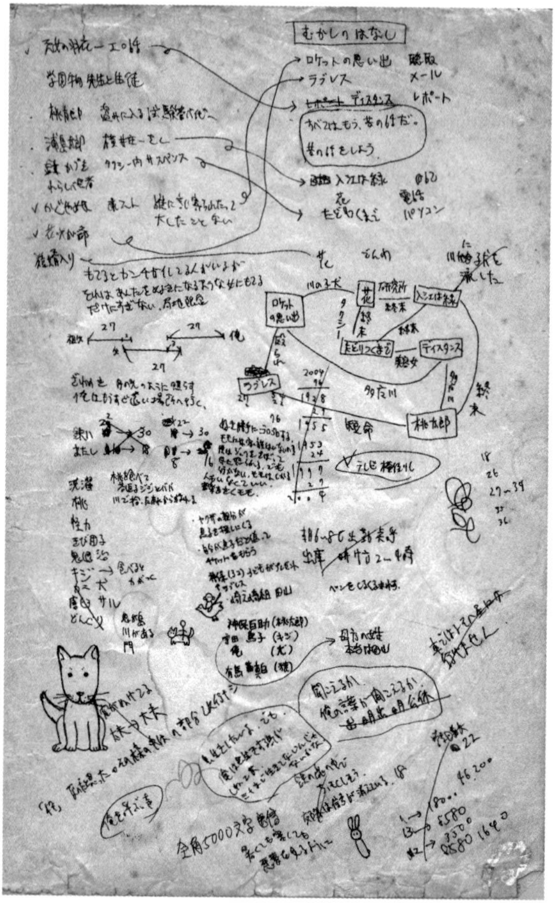

✸作者手繪筆記實拍照片（中譯請參頁二六六）

照片右邊中段那一塊有線條相連的橢圓區塊，呈現出各個故事之間的關聯。我就是以此作為「地圖」來寫小說。要是想到任何與本書有關的台詞、事件（插曲）或設定，也一併記在這張紙上。

故事架構應該擬定到何種程度，取決於小說的內容及作者風格，沒有「非這麼做不可」的硬性規定。《昔年往事》的架構是「不經意的一句話」或「不經意的某個場景或設定」會與其他故事有所關聯，關於「該如何連結」的主軸部分，我會擬定較嚴謹的架構，至於各個故事的細節，則取決於實際寫作當下的心情。

即使架構只有筆記一頁的份量，仍然埋了不少伏筆，因為已經有了「要寫民間故事發生的瞬間」這樣明確的構想，各篇要改寫成怎樣的故事，也很快就有想法。

不過，有些小說光靠一頁筆記的架構是不夠的，好比《強風吹拂》。

這本小說講述的是「大家努力以箱根驛傳出賽為目標！」一句話就能說明全書構想。故事線相當單純，堪稱「零秒構思」。不過，正因故事的發展極為單純明快，動筆之前必須以更嚴謹的態度來處理架構部分，由於過程中有諸多細節，礙於篇幅無法在此一一詳述。

《強風》（以下如此簡稱）是構想與架構幾乎同時出現在腦中，以此為基礎進行取材，一點一滴寫就而成（因為這部作品不是連載，而是寫完之後再出版，所以前置準備相當充分）。

首先是構想——「弱小團隊經過努力，終於達成出賽箱根驛傳的目標。」電影《新少棒闖天下》（*Bad News Bears*）、《新．哥吉拉》（*Shin Godzilla*）簡單來說也是同類型的劇情，算是常見的故事公式。當你想到某點子時，無須過於擔心「這故事是否太常見了」。之所以「常見」，代表這些故事具備了能夠打動人心的「某種要素」。

「有錢人不用怎麼努力，就變得更有錢」的故事，有誰會想看呢？其實我倒是覺得挺有趣的啦。但相比之下，「弱小隊伍經過多方努力，集結眾人之力終於實現夢想」應該能得到更多人的共鳴。正因如此，在任何時代都可以看到這類型的故事，成為人們眼中「常見的故事公式」。

小說最重要的還是細節的部分，像是：這支團隊的成員是怎樣的一群人、他們的「努力」能給讀者帶來多少真實感、敘事口吻與文風又有怎樣的特色。我認為《新少棒闖天下》與《新．哥吉拉》都是擁有相同故事構造（「弱小隊伍能否努力達成目標」）的傑作，但看過這兩部電影的人，應該不會覺得「兩部作品的風格很相似」吧。我也不覺得兩者「相似」，因為敘事口吻與表達方式完全不同。由此可知，作品的個性及優點完全來自於細節。

寫《強風》的時候，我仔細設定了主角團隊每一個成員的個性、每人各自的背景，以及彼此的關係呈現怎樣的感覺。

問：怎樣才能寫出有魅力的角色呢？（佐野等人）

有不少讀者都提出同樣的問題，但這個難題沒有明確的答案，我想訣竅大概就是「賦予角色相互對照的性格」吧。主要角色中若有一方是「開朗的性格」，另一方就設定為「較陰鬱的性格」。

以《強風》為例，其中一位主角灰二的信念就是「被他人逼著跑步，絕對無法變強」。擅長說話的他懂得如何運用話術激勵團隊成員，擁有善於謀略的一面。

相較之下，另一個主角阿走經常覺得迷惘，他「雖然討厭被逼著跑步，卻不知該如何是好」。一直以來都在跑步的他，心裡雖然有許多感覺，卻無法用言語來表達。因此他很容易被灰二呼攏，等到發現「不對，這樣太胡來了吧！」往往為時已晚。由於灰二與阿走是相互對照的性格，阿走偶爾也會反抗灰二，兩個角色之間自然容易發生戲劇化的事件（像是糾葛或故事高潮）。

接著來談書中另一個角色榊，身為阿走的競爭對手，榊的信念是「讓個人自己決定訓練與否實在是太天真了！為了贏得比賽，即使吐血也要進行嚴格的訓練」，而這樣的他總是讓迷惘的阿走心生動搖。灰二與榊兩人，由於信念完全相反，就有了兩人為了說服阿走而相互較勁的畫面，這樣的角色對照，也會引發戲劇化的事件。

像這樣子，設計各種層次、會互相影響的對立反差（或和樂融融）場景，並配合安排適合的角色性格，就能讓人物顯得更立體分明，「原來如此，阿走容易用這種態度對待灰二，在這個階段他原來是這麼想的啊。」在寫作的過程中，作者就能像這樣更容易掌握該人物的性格。

還有，刻意讓跟作者完全不同思維、感性、性格的角色出場，也是個不錯的方法。如果整部作品的角色都是作者的分身，就會顯得不夠多樣化。

雖然我不太想公開自己的招數，像《強風》中的KING和《編舟》中的西岡，我在寫作時雖然會對他們產生共鳴，卻也能感覺到這些角色的感性是我本人所沒有的。正因如此，我才能享受到變成另一個人的樂趣，在寫作的過程中對他們產生更深刻的認同感。不只寫「跟自己很像的人」，也能試著去寫「跟自己完全不同的人」，有時該角色反而會給你帶來出乎意料的驚喜。請各位務必嘗試看看。

決定好各個角色的設定與關係（這算是「構想」的範疇吧），接下來就是具體的故事架構。

箱根驛傳比賽來回總計十個區間，於是我也將小說設定為十個章節，再加上開頭、結尾的序章與尾聲。由於故事線簡單明快，很快就能決定哪一章該安排怎樣的劇情，每一章我都寫了詳細的故事大綱，大致的故事架構如下：

序　章　邂逅
第一章　出場人物的介紹
第二章　決定以箱根驛傳為目標前的爭執
第三章　大家一邊哀嚎一邊進行訓練
第四章　挑戰紀錄賽
第五章　夏季集訓
第六章　中途休息（預賽這個高潮之前的總整理，與今後故事發展的關聯）
第七章　挑戰預賽
第八章　波瀾再起（挑戰決賽前，團隊內的爭執與再次團結）
第九章　決賽（去程）

第十章　決賽（回程）
尾　聲　餘韻（出場人物之後的發展）

我又悲壯地爆雷了……不過無所謂！小說這種東西沒有實際讀一遍的話，就無從得知是否真的有趣（悲壯地力挽狂瀾）！

各章節雖然很快底定，但根據這個架構進行取材或調查，其實相當辛苦，像是：「實際的練習計畫」、「集訓如何進行」、「晉級預賽或決賽的方法」、「比賽該如何發展，故事才能照著自己的想法走」諸如此類。尤其是比賽發展，需要先製作所有參賽團隊全體成員的時間紀錄，以此為基礎再製作比賽過程的時間表，例如「在A地點相差○秒，在B地點扳回一城」，像這樣進行細緻的設定。

如果有人叫我再做一次同樣的事，我一定會一口回絕：「No, Thank you!」寫《強風》的路上太過艱難，當時我非常擔心「真的寫得完嗎？」

差一點就要哭出來，所幸最後終於完成這部作品。還有，因為構築出如此詳細的比賽發展，連我自己都忍不住驚歎：「莫非我已經成了小說之神？」在過程中仍不乏愉快的回憶。非常不擅長跑步的我，只有在寫小說時才能同時成為選手、教練及觀眾……這也算是一次令人雀躍的體驗啦。

章節跟比賽發展決定之後，等於手上有了令人安心的「地圖」，接下來就是盡全力去寫。因為故事的發展非常單純明快，而且我也做好了萬全準備（架構與取材），不會再有任何迷惘或動搖，下筆之際各角色的台詞就會自然浮現在腦中。

至於寫《強風》時刻意注意的部分，由於書中的角色都是年輕人，我頂多就是做到「盡量讓角色充滿青春洋溢的感覺」。前面也提過，我這個人無須刻意就已經中二感滿滿，意外擅長厚著臉皮盡情謳歌青春呢（不過現在已經做不到了，寫《強風》時人家才二十多歲，當初可是活力滿滿呢……）。

這篇又寫得落落長，真是不好意思啊！

總結來說，無論是構想或架構，事前該先決定到何種程度，取決於作品及作者的風格或特色。不過，千萬別在毫無準備的狀態下就貿然動筆。這是我最真切的感想。尤其是剛開始寫小說時，如果有一定程度的明確計畫（構想），或是能作為故事發展地圖的架構，無論你擁有的是哪一項（或兩項都有），都能比較安心地寫下去。

本道料理所分享的「如何發想小說內容、擬定故事架構的方法」，算是「我個人的案例」，倘若各位覺得有可以作為參考的地方，請多加活用，找出你實行起來最順手的做法。

在此再次鄭重向提問的讀者致謝，希望我的建議能幫上各位的忙。在拜讀提問時，我發覺「對小說寫作感到疲乏的人似乎很多」。這樣的心情，我超懂！

每次有人問我：「您在寫小說的過程中，什麼時候會覺得愉快呢？」

我總是回答：「沒有」。

不然就回說：「腎上腺素分泌得恰到好處，陷入角色附身的恍惚狀態，就能體會到某種陶醉感，頻率大概是每寫五部作品，只會出現短短的一瞬間吧。」

不過，一邊思考各位的提問，同時回顧「自己當初是怎麼寫小說」的過程中，我發現到一件事。寫作的當下雖然只覺得辛苦，而事實上也十分辛苦，但我還是很喜歡一邊從各種角度來思考「這麼做的話會怎麼樣」，一邊創作小說，而且非常樂在其中（像是烏鴉開口說話、成為跟自己差很多的角色、隨心所欲地捏造比賽發展……這些時候真的很愉快）。

寫累了的話，偶爾休息一下也不錯。千萬別勉強自己，更別給自己加上「非這樣寫不可」的限制。

休息一陣子後，一定會再出現「我想寫小說」的想法。等時機到了，再使出渾身解數去思考角色、設定或架構，照著你的心意去寫，盡情享受寫作的樂趣就對了。

「能夠毫不厭倦地一直思考某個對象」不就是「喜歡」嗎？不論是戀愛時、迷上閃閃發亮的偶像時、知道晚餐有自己喜歡的菜時，此時滿腦子就只能思考一件事。（順帶一提，現在我滿腦子只有《HiGH&LOW 熱血街頭：極惡之道》，至少還得去電影院重刷個五次啊！）我想，所謂的「喜歡」，應該就是像這樣吧。

希望各位也能在毫不勉強、身心愉快的狀態下，盡情思考各種細節，沉浸在小說創作的樂趣！

✸本餐廳招待

《強風吹拂》部分設定手繪筆記大公開！然後大後悔！以實際建築物配置而言，樓梯的位置未免太怪了吧，非但「廂型車」一點也不像，旁邊還畫了個名為「韭菜」的謎樣物體（正確答案是狗）。根據個人經驗，在思考建築物格局或角色人際關係的過程中，對於寫作的熱情也會益發高漲（下圖中譯請參頁二六七）。

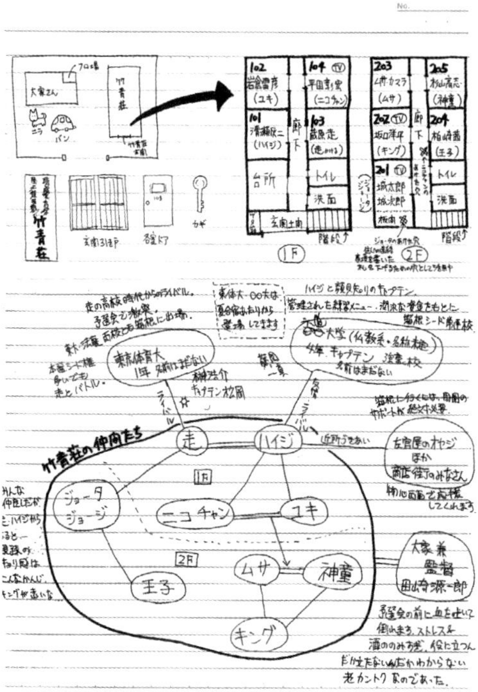

✸頁二五二圖片中譯

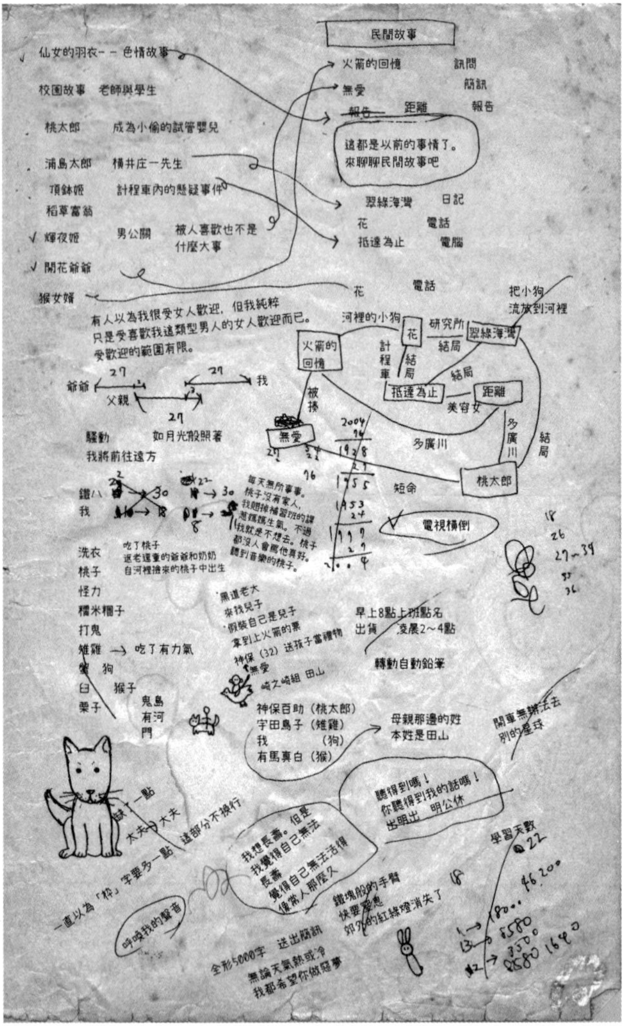

民間故事
仙女的羽衣－－色情故事
校園故事　老師與學生
桃太郎　成為小偷的試管嬰兒
浦島太郎　橫井庄一先生
頂鉢姬　計程車內的懸疑事件
稻草富翁
輝夜姬　男公關　被人喜歡也不是什麼大事
開花爺爺
猴女婿
火箭的回憶　訪問
無愛　簡訊
報告　距離　報告
這都是以前的事情了。
來聊聊民間故事吧
翠綠海灣　日記
花　電話
抵達為止　電腦
花　電話
把小狗流放到河裡
有人以為我很受女人歡迎，但我純粹只是受喜歡我這類型男人的女人歡迎而已。受歡迎的範圍有限。
河裡的小狗
花
研究所
翠綠海灣
結局
火箭的回憶
計程車
結局
結局
抵達為止
距離
美容女
被揍
無愛
多廣川
多廣川
結局
桃太郎
短命
爺爺　27　父親　27　27　我
騷動　如月光般照著
我將前往遠方
鐵八　我
每天無所事事。桃子沒有家人，我翹掉補習班的課被媽媽生氣。不過我就是不想去。桃子都沒人會罵他真好。聽到音樂的桃子。
2004　1928　1955　1953　1977　2004
電視橫倒
洗衣　吃了桃子
桃子　返老還童的爺爺和奶奶
怪力　自河裡撿來的桃子中出生
糯米糰子
打鬼
雉雞　吃了有力氣
狗
臼　猴子
栗子
鬼島
有河
門
黑道老大
來找兒子
假裝自己是兒子
拿到上火箭的票
神保（32）送孩子當禮物
無愛
崎之崎組　田山
早上8點上班點名
出貨　凌晨2～4點
轉動自動鉛筆
神保百助（桃太郎）
宇田島子（雉雞）
我（狗）
有馬真白（猴）
母親那邊的姓
本姓是田山
開車無法去別的星球
缺了一點
太夫→大夫
這部分不換行
一直以為「校」字要多一點
聽得到嗎！
你聽得到我的話嗎！
出明出　明公休
我想長壽。但是我覺得自己無法長壽
覺得自己無法活得像常人那麼久
呼喚我的聲音
鐵塊般的手臂
快要窒息
郊外的紅綠燈消失了　18
學習天數　22
全形5000字　送出簡訊
無論天氣熱或冷
我都希望你做惡夢

＊頁二六五圖片中譯

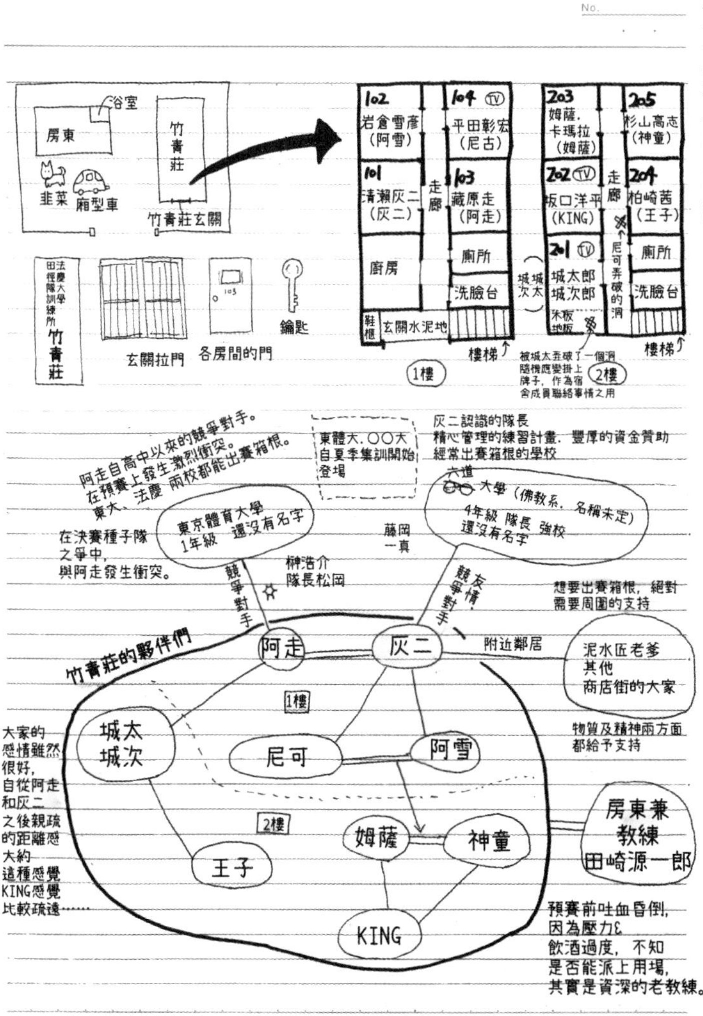
No.
浴室
房東
竹青莊
韭菜
廂型車
竹青莊玄關
法慶大學田徑隊訓練所 竹青莊
玄關拉門
各房間的門
鑰匙
102 岩倉雪彥（阿雪）
104 平田彰宏（尼古）
101 清瀨灰二（灰二）
走廊
103 藏原走（阿走）
廚房
廁所
洗臉台
鞋櫃
玄關水泥地
樓梯
1樓
203 姆薩．卡瑪拉（姆薩）
205 杉山高志（神童）
202 坂口洋平（KING）
204 柏崎茜（王子）
201 城太郎 城次郎
城太 城次
尼可弄破的洞
木板地板
被城太弄破了一個洞 隨機應變掛上牌子，作為宿舍成員聯絡事情之用
2樓
阿走自高中以來的競爭對手。在預賽上發生激烈衝突。東大、法慶 兩校都能出賽箱根。
東體大．〇〇大 自夏季集訓開始登場
灰二認識的隊長 精心管理的練習計畫．豐厚的資金贊助 經常出賽箱根的學校
六道大學（佛教系．名稱未定） 4年級 隊長 強校 還沒有名字
東京體育大學 1年級 還沒有名字
在決賽種子隊之爭中，與阿走發生衝突。
藤岡一真
榊浩介
隊長松岡
競爭對手
友情．競爭對手
想要出賽箱根，絕對需要周圍的支持
竹青莊的夥伴們
阿走
灰二
附近鄰居
泥水匠老爹 其他 商店街的大家
物質及精神兩方面都給予支持
1樓
城太 城次
尼可
阿雪
大家的感情雖然很好，自從阿走和灰二之後親疏的距離感大約這種感覺 KING感覺比較疏遠……
2樓
姆薩
神童
王子
KING
房東兼教練 田崎源一郎
預賽前吐血昏倒，因為壓力＆飲酒過度，不知是否能派上用場，其實是資深的老教練。

清口時間・其四

有拜有保佑的心情

大約十五年前，我在淺草鷲神社的酉之市◈，親眼目睹買了超巨大熊手◈的男公關集團，內心驚歎不已。他們對生意興隆那非比尋常的執著，實在太強烈了。

不過，現在的我很能理解那群男公關的心情。我真心覺得，小說家是浮沉起伏相當大的職業，終究只能祈求神佛的庇佑，只要能夠帶來好運，無論是熊手或掃帚，我都願意買！

話題就此往超自然的方向一轉，每年年初參拜，我都固定會去自家附近的神社，絕對不會花心去別家。使出渾身力氣誠心向神明祈禱「請保佑我今年成為認真工作的人」之後，我一定會在社務所買祈求「生意興隆」的護符。前年買的則放入神社內回收舊護符的箱子，進行焚燒處理（？）。◘

◆日本每年十一月的酉日在各地寺院佛閣舉行的祭典，祈求開運招福與生意興隆。淺草鷲神社被視為酉之市的發祥地，是東京出店數量與參加人數最多的酉之市。

◈「熊手」是在竹耙子上裝飾各種飾品，寓意能扒進許多錢財、財源廣進，是廣受日本生意人歡迎的傳統開運物。

◘一般來說，日本御守、御札等平安符的有效期限是一年左右，過期就會失效，可將其送回原購買的神社或寺廟，放入註明「舊平安符收納處」的箱子，而神社或寺廟就會進行焚燒處理。如果是用郵寄方式寄還，信封上應註明「お焚き上げ依頼」（請求焚燒）。

我認識的鄰居太太剛好在社務所工作，對方還為我擔心：「不買祈求『闔家平安』或『無病無災』的護符沒關係嗎？」我這麼答：「反正家裡只有我一個人，健康的話，現在的我還能靠一己之力獨自生活，如今最需要的就只有『生意興隆』！」新年早早就表現出如此旺盛的事業心，似乎嚇到那位太太了，她只能回應：「您的工作還真是辛苦呢……」

雖說如此，每次截稿日迫在眉睫才哭著說寫不出來，其實都是平時不努力的報應。我之所以這麼辛苦，其實不能怪工作，要怪只能怪自己啊！但即使是神明，似乎也很難讓我成為認真工作的人，所以我才必須像這樣每年都跟神明祈求同一件事。當然，這麼說並不是在怪罪神明喔，只怪不爭氣的自己為何如此懶惰！

咦……我剛才說到哪了？對了，將買來的新護符慎重地放在高於頭部的場所（具體來說就是電燈的燈罩），我感覺自己得到了勇氣，心想「太好了！這麼一來今年就沒問題了！」接著就繼續關在家整天睡覺度過新年假期。寫著寫著，我越來越搞不懂此篇到底哪裡超自然了……

說到開運這件事，要放進皮夾裡的鈔票，我一定會先整理成同一個方向再放好。我這人似乎只對錢如此認真，真是不好意思。但鈔票對齊的話，馬上就可以找出千圓鈔，付錢時不是比較方便嗎？話說，這麼做鈔票真的會覺得開心嗎？我認為不會。（說真的，鈔票應該沒有「情緒」吧？）因為他們接二連三地從我的錢包離家出走了。要保重身體喔（揮手送別）！

我覺得自己越來越搞不懂怎麼做才能開運了……總之，如果不是要你「購買超貴的神奇寶壺或保健食品」，擁有「只要這麼做就會覺得安心」的習慣也挺不錯的！

第二十二道

主題——認真的程度，要跟撒胡椒一樣，夠味就好

我以猛如怒濤之勢用了三道料理來回答各位的提問，也許有人會認為「接下來應該就是圓滿大結局了吧」。不好意思，本書還沒結束。我這樣真的很像膀胱無力尿不乾淨的人啊……嗚，懇請各位再撥一點時間給我。

寫這本書的契機始於「Cobalt短篇小說新人獎」，參賽者只要遵守「篇幅二十五至三十張稿紙的短篇小說，投稿者只限新人」的基本規定，關於小說的主題並沒有特別限定。但在我擔任評審的期間，曾經限定過

一次「主題」，因為我認為題目可以成為參賽者發想的起點，寫起來應該更為容易。

於是，我跟編輯部的同仁討論，將主題設為「しまもよう」◆。非常感謝當時的投稿者。因為知道這個主題能催生更多樣化的創作，那次的評選過程充滿了完全不同以往的樂趣與刺激。

只是，有一點讓我有些在意，那就是參賽者面對同樣的主題，大都老老實實地採取正面對決。不少參賽者都將「しまもよう」解釋為「條紋」，不是在文中插入「條紋」二字，就是讓條紋洋裝登場。太老實認真了……

請別誤會，這絕不是壞事喔。應該說，個性不夠老實認真的人，就不會想要寫小說。因為寫小說必須花上好幾個星期的時間，獨自一人坐在電腦前孜孜不倦地奮戰。天生好動、喜歡東逛西晃到處遊玩的人，是沒有那個耐性寫完整部小說的。

◆原文為日本平假名，發音為SHIMAMOYOU，由於沒有標示漢字，同一發音可解釋為「條紋」（漢字為「縞模様」）或「島景」（漢字為「島模様」）兩個意思。

雖說如此，凡事認真過了頭的話，又會逼得自己無法呼吸，還是要懂得適可而止。正如小說創作只能靠自己一人打拚，一旦把自己逼得超過極限，可能會就此心生放棄，覺得「不行，我再也寫不下去了！」讓自己陷入危險境地。因為身邊沒有人可以勸你：「好啦，先寫到這裡就好。」你的認真可能反過來成為勒住自己脖子的凶器。因此，適度的隨興（順其自然的精神）也很重要，只是這其中的平衡該如何拿捏，真的很困難。

如何在限定題目的情況下發想小說，是身為專業小說家相當重要的課題，這道料理就讓我們來加以探討吧！

成為專業小說家以後，就可以只寫自己想寫的小說維生嗎？沒這回事！大多數小說家都是接受出版社的委託寫作。因為是工作，當然會有發案者（編輯＝出版社）。「我們希望您寫這種感覺的小說」，當發案者提出要求，接案方就必須一定程度地回應對方的需求。

尤其是雜誌或選集（或精選集），經常會推出「主題特集」，像是「因為是新春號雜誌，請寫跟新年有關的事」或「這次我們想做戀愛小說精選集」。跟企業異業合作時，對方也會提出「不用寫出商品名稱，但一定要有喝咖啡的場面」之類的條件限制，這也可以稱之為「主題」。

前面雖然用了「限制」一詞，但是將題目視為「限制」還是「靈感的線索」，寫小說時的心態將會完全不同。從零開始發想是非常麻煩的事，如果有規定好的主題，因為對方已經提供線索給你，反而是好事一樁。

不過，由出版社或企業提出主題的話，大多會一次邀請不同小說家來寫。問題在於，接受委託的小說家如果全都老實地照著主題來寫，雜誌、選集或異業合作廣告裡就會出現一堆類似的作品。

此時，「從稍微偏離主題的角度來發想」就相當重要。為了不讓自己的作品與其他小說家的設定或內容重複，盡力讓雜誌、選集或廣告的內容更多樣化，既是寫作者的良心也是義務，同時更是考驗個人功力的時候。例如，如果必須出現「喝咖啡的場景」，我一定先從「如果要在非比尋常的狀況下喝咖啡，應該寫成怎樣的故事才好」來發想，像是宇宙空間或深海之類的場景。

之前，某雜誌曾以「耶誕節」作為特集主題，交給數名小說家針對同樣的題目來發揮，之後出版為精選集。後來拜讀了其他人的作品，我著實又驚又喜！沒有一個人（包含我在內）從「情侶幸福度過耶誕節」這種常見的角度來發想。我的天啊！大家的發想未免也太偏四十八度角了吧……！目前為止參加過的主題特集中，我最愛的就是那一本。對於當時一起參加競作的小說家，也生出一種「嗯，這群人可以信賴……！」惺惺相惜的感覺。選集就是要這樣才有意思，不然說不上是真正地「活用主題」。

剛才我提到「必須一定程度地回應發案者（編輯）的需求」。有時編輯的需求不一定是主題，而是對作品調性的期望，例如：「下一次連載，希望您寫開朗的群像劇。」

此時應該注意的重點是，雖然不能完全無視編輯的需求，但也不能太老實地照單全收。

假設各位是建設公司，有人委託你「蓋一棟鋼筋水泥的商業大樓」，你卻偏偏蓋成一般的木造平房住宅，會有什麼後果呢？「這家公司每次都蓋出跟委託完全不一樣的建築物……」負面評價傳開以後，建設公司遲早會關門大吉。

不過，如果你的狀況是「人家現在就沒那個心情蓋大樓……」硬逼著自己去蓋，絕對無法蓋出好房子。此時，不妨一邊傾聽編輯的委託，一邊努力動腦如何才能在裡面加入自己想蓋的東西，像是「乍看之下是鋼筋水泥大樓，角落卻設有四張半榻榻米大小的茶室」。說不定還能在編輯沒發現的情況下，將鋼筋偷換成木頭柱子（但強度跟鋼筋一樣好喔）。

主題與發案者的需求當然一定要重視，但最終要寫的人畢竟是你。

編輯的提案不一定每次剛好都是「你現在想寫的東西」。完全照著對方提出的主題或需求來寫，看似真誠地回應了委託，卻等於是讓對方擔下所有責任。一旦寫得不順手，你甚至可能會埋怨對方：「都是因為限定主題（或編輯提出要求），我才提不起勁寫，結果變成現在這樣……」藉此替自己找藉口逃避責任。

所以，你應該以主題或編輯的需求為基礎，寫出「自己獨有的作品」。將你發自內心想寫的東西，全力以赴化為那個主題或要求。最有效的方法就是「從稍微偏離主題或需求的角度來發想」。因為藉由「偏離」這個動作，每個人的「特色」或「喜好」才得以充分地發揮。

對方的要求照單全收，只能算是四平八穩地反映他人的意見。「從稍微偏離的角度來發想」能為作品加上專屬於你的特色，靈感也會接二連三地湧現（依循自己的「個性」與「喜好」，比較容易打開思考迴路），寫起來更加得心應手。

千萬不要覺得「我又還沒有出道，主題什麼的跟我無關」，在閱讀選集或雜誌時，不妨也試著思考：「如果是我，這個主題會寫成怎樣的故事呢？」這麼做可以訓練你從某個語彙或情境來發想，並進一步從稍微偏離主題的角度來發想獨具個人風格的故事。平時多多鍛鍊發想的能力，也能應用在沒有主題限制的小說創作。

以前面提到的短篇小說新人獎主題「しまもよう」為例，不知為何就是沒人聯想到「島景」，例如：在島上生活的人們之間的關係、群島中各個小島的風俗與文化差異等。當初之所以刻意以平假名來出題，正是因為除了「條紋」之外，「島」也是不錯的寫作方向。

以「條紋」來發想的最後四篇決選作品中，除了一篇是「斑馬線的條紋」，其餘三篇都是「條紋衣服」，但內容還是多元豐富，相當不錯。只是就整體而言，大家在面對主題時未免顯得太過老實。

只要讓條紋衣服在作品內出現一次，或是文中寫有條紋般的影子散落在地面，就算是符合主題。大家其實可以在題目的基礎上，更加大膽自由地發想。

認真的態度固然重要。不過，更為重要的是將這份認真用來思考如何稍微偏離主題，並認真地寫出別出心裁的作品。要是你覺得「關於這個主題，我有很棒的點子，即使正面對決也能寫出好作品」，當然無須刻意偏離，可以直接正面進攻。「這人偶爾也能寫出認真的小說呢！」說不定還能藉此提高自己的身價（也許吧）。此時各位就可以挺直腰桿得意地說：

「還好啦，我們本就是個性認真之輩。」

但因為我這輩子從未有過身價提高的經驗，這部分只是我自己的想像啦……

衷心期望各位的努力奮戰都能結出豐碩的果實！

第二十三道

短篇與長篇

——「犀利的思維與餘韻」、「架構力」是提味的訣竅

也許是剛過完年就必須長期出差，總覺得這陣子手忙腳亂，幾乎喪失了一整個月的記憶。我的二〇二〇年已經來了嗎？（早就來了喔！）

感覺我的意識還停留在前一年。翻找自家食物櫃時發現有賞味期限「二〇一九年二月」的杯麵，「耶！發現快過期的泡麵！好幸運！」於是就吃了。不對！那個一年前就過期了！雖然我沒拉肚子，還吃得津津有味，可能是我的腸胃天生比別人強吧，但大家還是要小心喔，現在已經是二〇二〇年了。

其實我就連自己是西元幾年出生的也常忘記，真是傷腦筋。但萬萬沒想到，我竟然還忘了一件非常重要的事。

這套全餐料理（？）一開始似乎是「探討短篇小說的寫作方法」耶！結果，不知不覺中討論了不少「非短篇小說專題」的內容，我反省。不過話說回來，短篇小說和長篇小說其實沒有太大的差異，應該沒什麼關係啦。（正向思考出現了！）

無論是五十張稿紙還是五百張稿紙，寫故事最重要的是「習慣」。

聽說新聞播報員如果被要求「請在三十秒內做結論」，就一定會在剛好三十秒內將所有必要資訊傳達給觀眾。這一定是因為他們經常以秒為單位來注意時間，而且持續訓練自己說話的速度與能力，還有舌頭的靈活度，像是「我一秒可以說三個字，但觀眾聽得最清楚的應該是一秒兩個字（字數是我掰的）。」

小說也是同樣的道理，腳踏實地完成一個個故事，在這個過程中，讓身體（大腦）掌握「原來如此，五十張稿紙（或五百張稿紙）的篇幅大概是這樣」的手感也很重要。只要養成這樣的手感，之後就能評估「寫成如此的故事，進行這般的劇情發展，就能剛好寫滿五十張（或五百張）」。

與此同時，磨練「如何決定人稱或文章（文體）」、「該採取何種架構」「要設定怎樣的出場人物、該如何配置」等技巧也相當重要。也就是說，絞盡腦汁去「思考」自己想寫的小說。

即使是身經百戰的主播，在沒有任何資訊或稿子的狀態下被要求「請在三十秒內做結論」，應該也會覺得困擾吧。因此，他們會在事前製作簡稿或筆記，蒐集相關資訊。做好這些準備後，再三斟酌「結論中要強調哪些內容，資訊的傳遞才不會過猶不足」，等心裡有底後再正式面對鏡頭。

小說也是一樣，如果有人要求你「寫五十張稿紙（或五百張）的小說」，事先思考想採用的人稱或文章風格（文體），擬定故事架構，等做好心理準備再動筆非常重要。不要一古腦兒地猛寫，而是先擬好戰略，想好該如何將自己心中蠢蠢欲動的東西，實際化為文字表達出來，寫成小說。在持續思考與實踐的過程中養成習慣，就比較容易想出「符合張數篇幅的最佳故事」。

這麼一寫我突然發現：在五十張（或五百張）的篇幅裡，「我想要寫什麼」也許才是最重要的基本問題。那麼，該如何找出沉睡在自身內部「想寫的東西」呢？

以我的狀況來說，寫作的靈感經常是突發的「情感」。儘管沒什麼自覺，但本人似乎有些感情過剩的傾向，還曾被友人嘲笑：「我說妳啊，為何老是氣沖沖地激動大喊：『我覺得這個作品超棒的！』」這時我也只能紅著臉回應：「好像真的是這樣。」

現實生活中，身邊如果有情緒起伏過於強烈的人，應該會覺得窒息吧（因此，我平時盡量不待在別人身邊）。但我在「情緒高漲」（無論正面或負面）或「情感動搖」的瞬間，特別容易湧現靈感：「對了，這次就寫這樣的小說吧！」只要記下「自己當時是怎樣的心情？為何會那樣想？」就能活用在小說創作。

試著深入挖掘自己的情感非常重要。其實，潛藏在自身內部的憤恨或怒氣、喜悅或感動，還有著「要是能這樣就好了」的期望，這些強烈的情感裡往往隱藏了故事的種子，或是讓你非寫小說不可的原動力。就這層意思來說，感情過剩也不全然是壞事。不過，周遭的人應該會覺得很困擾，還是要盡量克制自己的衝動。

當然，也有人不擅長以情感為靈感來發想故事。此時，重要的還是「思考」。無論是對自己、對朋友、家人等周遭的人、對街頭不經意瞥見的光景、對這個社會或世界上發生的所有事，只要發現在意的人事物，不妨多去思考、調查，並維持思考的習慣。相信你一定能從中發現「我就是想寫這樣的東西啊」故事的種子就此發芽茁壯。

新聞主播有時必須向觀眾傳達殘酷不合理的事件，或是報導可愛大貓熊寶寶出生之類的趣聞。此時，主播本人心中應該也有許多情緒或想法在騷動（「太過分了！無法原諒！」或「好可愛呦！」）。不過，過度表露個人的想法，可能會因為憤怒或流淚而無法閱讀新聞稿，以至於不能向觀眾傳達重要的資訊。因此，他們會將自身的想法藏在心底，盡量以客觀的態度冷靜地播報，至於如何判斷或思考這些資訊，則交由觀眾來做。

寫小說也是同樣的道理。倘若缺乏作者本人的情感或思考，一切都無法開始，也不會產生「我想寫這個！」的熱情。不過，小說若是過度彰顯作者個人的情感或主張，容易讓讀者覺得窒息。作者自始至終都應該是背後的操偶人，對作品有什麼感覺、怎樣的思考，都應交由讀者來判斷。在寫小說之際，藏起個人的情感與思考，維持熱情與客觀之間的平衡點，是非常重要的一件事。

隨著一部部作品完成，你將越來越清楚自己想寫的是什麼，如果你現在覺得「咦？我好像沒有真心想寫的東西」，千萬不要過度焦躁或絕望。不過，如果你已經寫了幾部作品，卻依然無法湧現「我想寫這個！」的熱情，就有必要停下來好好思考。因為，現在也許不是你寫小說的適當時機。

此時，最好不要勉強自己硬著頭皮寫下去。過於勉強的話，寫小說反而會變成苦差事，甚至讓你變得討厭寫小說。曾經深愛過的、深信不疑的東西，卻成了最討厭的東西，將會令人非常痛苦。那種感覺就像是被自己否定且背叛了一樣。

為免陷入這樣的痛苦，當你覺得「沒有想寫的東西」，最好不要勉強自己。不寫小說也不會死。讓自己先放輕鬆，暫且忘記寫作這件事，想要廢或認真都無妨，先把注意力放在日常的生活。此時，不妨試著去思考發自內心覺得愉快的事是什麼、會對哪些事感到開心、對哪些事感到痛苦、又會在意社會或生活中的哪些地方，嘗試著去面對這些問題。在這個過程中，「我突然想寫作了！」、「我想做的其實不是寫小說，而是這件事！」也許你會發現自己接下來真正想做的事情。

順帶一提，出於對放浪一族的熱愛，我現在對人生相當來勁，雖然想過「這幾年的寫作進度較鬆，差不多該專心工作了！」但又覺得如果有時間寫小說，自己會更想去看放浪一族的演唱會，與此同時也不免擔心不寫小說會沒飯吃，還真是糾結啊……後來我得出一個結論：「只靠寫小說維生風險太高，萬一不順利的話生活會很辛苦，得到小說新人獎後先不要馬上辭職，暫時保有其他賺錢管道比較保險。」

總之，如同我一直所說的，無論是短篇或長篇小說，應該注意的事項及順序，基本上沒有什麼不同。因為就「寫小說」這一點，兩者是相同的。當然，每個人都有「硬要說的話，我比較擅長短篇」這種自己擅長或不擅長的領域，只要你能寫短篇小說，就一定能寫長篇。反過來也是一樣。

不過，寫短篇和長篇所需的能力的確稍微不同。連續寫了兩部長篇連載小說，久違地寫起短篇小說，偶爾會發生「慘了！份量沒抓好，沒有地方可以寫結尾了」的情況，因為寫短篇的手感變鈍了。此時無須過於恐慌，只要朝結尾展開猶如怒濤般的猛烈攻勢，展現出「我的小說才不會草草收尾」的自信，讓小說俐落地完結，彷彿你一開始的意圖就是如此。像這樣子，擁有泰山崩於前也面不改色的氣度，及全力挽回頹勢的膽識也很重要（又是正向思考）。

那如果是連續寫了好幾部短篇小說再寫長篇，又會怎樣呢？這個問題倒是不難解決，因為「就算故事稍微偏離軌道，也不用擔心篇幅不夠」，比較可以輕鬆面對。這麼說來，我應該算是長篇腦。雖然我也喜歡寫短篇，尤其精神特別來勁或靈光閃現時，絕對是短篇寫起來比較順手。但特別來勁或靈光閃現這種狀態，一年之中頂多只有十天左右。

也許，就「寫一篇小說」而言，無論短篇或長篇，所要花的工夫和勞力（思考如何表現想寫的東西，在規定張數內將作品寫到最好）都是一樣的。不過，短篇小說是每一篇都必須「想想新的故事」，寫十部五十張稿紙的短篇小說，比起寫一部五百張稿紙的長篇小說，確實要花上十倍的工夫和勞力。真希望短篇小說的稿費可以提高十倍啊。咦，你說：「不如將長篇小說的稿費降為十分之一？」對不起，我數學不好！無論長篇小說或短篇小說，希望稿費都能維持現狀。

寫短篇小說應發揮的能力是「減法的發想力」；而長篇小說則需要用到「努力不懈寫下去的持久力」。

我在本書第三道和第四道料理都提過「短篇的架構」，寫短篇小說的重點在於「犀利的思維與餘韻」以及「序破急的劇情發展」◆——俐落地展開故事，在某個轉折點迎來高潮，再俐落地結束。各位只要記住「咻、

◆「序破急」是日本特有說法，類似中文的「起承轉合」，

碰、鏘」的節奏就對了。我是長嶋茂雄◆嗎?可是我只會這樣說明啊!因為每個人寫作跟發想的方法都不一樣,真的很難用理論來解釋!

總之,要寫出一篇生動的短篇小說,重視的是「犀利的思維與餘韻」和「序破急」。偶爾有讀者會對我的作品提出感想:「結果,我還是不知道那個角色後來怎樣了,有一點在意啊……」自由地想像作品裡沒有明說的部分,正是短篇小說的醍醐味!我聽不到!剛剛的感想,我沒聽到!請以這樣的強勢態度,毫不猶豫地寫出生動的短篇小說!

那麼,「寫短篇小說還可以,但長篇小說就不太行」的人,該如何是好呢?有這種煩惱的人,性格大都直爽乾脆、不喜歡拖拉,請提高你的耐心。話說回來,人的個性若這麼簡單就能改變,我早就更為乾脆俐落、做事不拖泥帶水了!

寫長篇小說時容易氣力不濟,我覺得問題應該出在「架構力」。正如本書第二十一道料理中提到的「如何擬定小說的構想與架構」,還不

但意思並不相同。「序」用來交代故事背景和人物基礎設定,「破」發展故事並出現高潮,「急」則是最終高潮並迅速結束。

◆日本職業棒球界傳奇人物,有「棒球先生」的美譽,在指導選手時經常使用擬聲語,例如:「球咻地飛過來時,就鏘地一聲把球打出去。」

習慣寫長篇小說之前，千萬別貿然動筆，事先準備好架構，照著地圖寫才不會迷路。思考「應該設定怎樣的出場人物？」、「這裡安排這樣的插曲應該比較好」的過程中，說不定還會出現意料之外的劇情發展。

另外，「增加角色」也是一個方法。如果是五十張稿紙的短篇小說，「主要人物有八個」可能會太多，但如果是五百張稿紙的長篇小說，就能針對這八個角色詳細地描寫。

此時一定要注意的是，盡量避免寫出這樣的故事架構：「因為主要人物B的出場，故事有了新的發展。該部分告一段落後，主要人物C出現，又帶來新的發展」。「因為新角色的出現而有新的發展」這一點本身當然沒有問題（舉例來說，「因為目擊者出現，殺人事件的調查有了新進展」等），但同樣的招數連續出現的話，容易給讀者「好像一直在介紹角色……」、「這樣寫會不會太便宜行事？」的印象。

改善問題的訣竅就是「因為某些外在因素（突發事件、麻煩＝插曲）的影響，各角色之間的關係發生變化，產生情緒動搖，或是導致某個角色採取某些言行，劇情發展因此進入新的階段」。據此發想事件或插曲來凸顯角色（包含新角色在內）的內在情緒，可以自然地給讀者留下「原來這個角色是這樣的人」的印象。當讀者掌握了角色的性格或情感，就會產生共鳴並將自己代入角色中。如此一來，讀者自然會對「故事的新發展」感興趣，接著繼續讀下去。

也就是說，不要只是採取「新角色的登場→新展開」的單一模式，而是適當地交織「某個插曲（意想不到的事態）→角色的糾葛引發新的故事發展」的模式。光是這兩種模式混合使用，就不會只是「介紹角色的單調事件的羅列」，整體的故事發展可以產生更豐富的高低起伏。故事有了起伏，就能順著節奏寫下去，更容易想到後續的故事進展。

隨著故事的進展，不僅是讀者會加深對角色的理解與認同，益發入戲，就連作者也是。正因如此，作者才能陪著角色一起堅持走到故事的結尾，即使那是長達五百張稿紙的長篇小說。我認為「先簡單介紹角色，之後照著該角色的設定來發展故事」絕非讓故事發展的好辦法，因為角色的存在並不是為了貢獻事件。

當我們在日常生活中遭遇某些事，當下心中會有某些感覺，感到迷惘或是引發思考，並決定是否該採取行動。無論行動或不行動，都會招來某人的共鳴或反感，事件因此有了新的進展。小說的人物也跟我們一樣。他們擁有角色介紹無法清楚闡明的思考或情感，而他們對事件的反應，為故事帶來了新的發展。角色的存在絕對並不是為了成就插曲，應該說「角色活在插曲發生的故事世界裡，他們對該事件的想法與感受，又會引發新的插曲」，請試著從這樣的角度來發想。

雖然不知道這樣說明大家是否能理解，無論是創作短篇或長篇，衷心祈望大家都能樂在其中。小說創作的訣竅就是努力不懈地寫下去（不是大叔諧音哏喔，我很認真）！◆然後，寫短篇小說時務必加入你犀利的思維，寫長篇小說時則提高你的持久力，務必耐心地堅持下去！

◆原文為「コツは、コツコツと！」日文的「訣竅」（コツ，發音KOTSU）與「努力不懈」（コツコツ，發音為KOTSUKOTSU）發音相同，所以作者才特地夾注解釋自己沒有玩諧音哏。

第二十四道

文壇出道之後
——目送各位踏上旅程的特別風味餐

寫小說時應該注意哪些事，又該如何實踐？我在書中透過各個角度來思考這個問題，並寫下自身的經驗與感想。不過，由於每個人都有自己的喜好與想法，這本書也有可能無法幫上大家的忙。因此，在最後這道料理，我本想為各位介紹幾本「小說寫作」的優良指南。沒想到竟然連一本都想不到，就這樣在電腦面前當機了整整一個小時。

為什麼會這樣?!追根究底之後，我才發現自己根本沒讀過小說寫作技巧的相關書籍。因為沒讀過，自然想不出來。

一直以來我都是靠自己邊摸索邊寫小說，沒想到就這麼公開了⋯⋯明明沒到開班授課的程度，卻拿著木刀胡亂揮舞，太危險了，大家快逃！不過，小說的優點就在於不須參加考試取得證書或資格，任何人都能享受到閱讀或寫作的樂趣。這時要是有人反駁：「沒讀過寫作指南，就別寫指南啊！」那我還真是無話可說，也愧對大家。

我唯一讀過的寫作指南，就是《Dr. Script的劇本教室．初級篇》和《Dr. Script的劇本教室．中級篇》（三宅隆太著，新書館出版）。雖然是以電影劇本為主題的書，但除了劇本創作的技術，還詳細說明了創作的心態與發想的方法，我認為也能作為小說寫作的參考。書中還有許多如何鑑賞作品的建議，即使是沒有寫過小說的人，或是有志成為編輯的人，這兩本書都值得一讀。

市面上應該有不少關於小說寫作技巧的好書，請各位去書店翻閱，找出最適合自己的參考書。不過，理論讀得再多，最重要的還是實踐，在實際創作的過程中多方嘗試並累積經驗，才是進步最快的方法。不過，事前沒做任何準備就動筆埋頭猛寫，是絕對無法進步的。

正如本書所述，小說寫作其實有一定程度的「訣竅」或「公式」，有的人馬上就能察覺並活用在自己的作品上，有的人則會刻意避開這些既有方法，另闢蹊徑。相較於很快就抓到訣竅的人，也有人無論讀過或寫過再多小說，都始終不得其門而入。後者如果能讀一下寫作指南相關書籍，參考書中提及的「小說寫作訣竅或公式」，也許會有不錯的效果。雖說光靠理論無法寫好小說，但光靠感性一樣也寫不好。

感性有很大部分要靠個人自己去磨練培養，理論卻可以從寫作指南或前人的作品習得後，再改造成適合自己的方式，反映在作品上。持續摸索理論與感性的平衡點，多方嘗試並付諸實踐，相信一定能更隨心所欲地用小說來表現自己的想法。

我以「想寫娛樂小說出道成為作家的人」為本書的對象，提供了關於小說寫作的各種建議。其實，我認為將小說分類為「娛樂」及「非娛樂」，既是時代的錯誤，也是不符合現狀的做法。不過，在拜讀投稿作品的時候，我經常覺得「這個人明明有很棒的才華，卻因為對前人所建構的基本創作技巧毫無自覺，導致無法充分發揮所長」，由於過度依賴自身的感性，以致無法妥善活用架構、人稱、角色配置等適合小說表現的訣竅或公式，實在非常可惜。總之，只要是可以利用的人事物，不管是父母、訣竅、公式等，統統都要利用，秉持這種精神相當重要喔。

因此，我才以訣竅或公式都很明確的「娛樂」小說為主，為大家說明小說寫作的技巧。這些建議不僅能夠適用於娛樂小說，就連一般認為較厚重或前衛的「純文學」小說，某種程度上應該也派得上用場。因為無論是娛樂小說或純文學小說，應該說不僅是小說，而是所有使用語言的創作，在「說故事」這一點都是共通的。引人入勝的好故事往往遵循了某些訣竅或公式，理由前面已詳述過。

要在自己的作品中將這些技巧運用到何種程度，取決於個人的喜好與想法，但倘若你完全無視規則，試圖不採用任何訣竅或公式來創作，我覺得是相當有勇無謀且繞遠路的選擇。雖然有點雞婆，我還是忍不住為這些人捏一把冷汗。即使本書無法幫上各位的忙，一定還是會有適合你的寫作指南，「完全不懂任何寫作技巧」的人，建議馬上動身前往書店找相關書籍來看。

另外，寫小說的人當然不必非得成為專業小說家。如果只是出於個人興趣寫小說，只須隨心所欲、自由自在地寫。在這個過程中感受到的「快樂」才是最重要的。

不過，單純以寫小說為樂的人也有可能面臨「無拘無束地寫，結果卡住」、「感覺無法充分表現自己想寫的東西」等問題。此時，暫且停下腳步「思考」一下，或許會有新的靈感湧現，也有可能習得訣竅，或是活用公式等技術，讓你能更樂在小說寫作。此時，本書若能成為各位寫作時的參考，即使只有一點點，也是我莫大的榮幸。

對於志不在出道成為專業小說家的朋友，我則衷心祈望閱讀與寫作小說這件事，能成為日常生活中陪伴各位、猶如友人般的親近存在。

如果你志在成為專業小說家，請務必記住以下兩件事：

一、遵守截稿期限。

二、努力管理自身的健康。

話說，以上兩件事我都沒做到，實在沒什麼可以分享的。「就讓我切腹以死謝罪吧！但請您幫、幫我介錯◆……！」「痴人說夢！汝等拖稿狂魔，有何資格接受介錯！」「太殘忍了吧……！好過分喔，切腹沒有

◆「介錯」是指在日本切腹儀式中為切腹者斬首，以免除其痛苦與折磨。一般都是由與切腹者關係密切的親友或劍術精湛之人來執行。

介錯怎麼行！」

現在可不是一人分飾兩角表演時代劇的時候，總之請各位務必遵守截稿日（毫無感情地照著唸◆）。還有，一直坐在桌子前容易缺乏運動，請注意平時多做點散步之類的運動（毫無感情地照著唸）。

小說家沒有帶薪假、紅利或退休金。如果這樣會讓你感到不安，根本無須遵守「不能腳踏兩條船」之類的交往道德規範與原則，去兼職吧！

我直到出版第三本書為止，一直在舊書店工作，寫作時間就是睡前兩小時和假日，大概是這樣的步調。之後因為開始有人邀我寫連載，開始覺得「再這樣下去身體會撐不住」，才辭掉工作專心寫作。其實我在兼職那段期間，不但生活較為規律，而且工作時也能半強制地讓自己轉換心情，真心覺得當初寫作兼打工的生活還挺不錯的。

工作過度導致身心負擔太重當然不好，但應該也有不少人擔心自己的個性「不適合突然成為自由工作者」，因此想說「先兼職看看情況」

◆日語為「棒読み」，指演戲或配音時缺乏感情投入的對白詮釋，造成與角色形象的不匹配。

也不錯。有不少人都是一邊工作一邊寫出很棒的小說。就像小說寫作沒有絕對的法則，你不必非得「背水一戰」斬斷所有後路，擁有「有空時再照自己的步調認真去寫」的自由（換個角度想就是任意胡來），也是小說的優點之一。

還有一點要注意，千萬別「來者不拒」。這是自由工作者最常見的盲點，因為會擔心「這次拒絕對方的邀約，下次恐怕就沒有機會了……」

當初我也是來者不拒，結果長達三年都沒休息，像拉車的馬兒那樣一直賣力工作，搞得自己身心俱疲、狀況不佳。察覺到自身問題並反省過後，我決定改變方針，遇到工作行程太滿、判斷自己無法寫好邀稿主題時，我會說明理由並禮貌地婉拒。這麼一來，即使之前曾拒絕過對方，之後還是有人會來邀稿：「請問您現在有空接案子嗎？」、「這次我們有這樣的企畫，您有興趣嗎？」所以，你無須過度勉強自己。

雖說如此，對工作過度挑三揀四，或是因為「怕自己寫不好」而不敢挑戰，也不是好事，這部分要如何取得平衡，著實不好掌握。

重點在於，無論接受或拒絕邀稿，千萬不能忘記「尊重對方」。關在家裡寫作，容易覺得所有事都是自己一個人決定，只有自己一個人在做這份工作，實際上並非如此。前來邀稿的人也是經過深思熟慮、再三考量「該如何讓這個企畫成功？」才來詢問「你」能否接案。

因此，千萬不能無視對方的這份心意，即使是拒絕，也應該清楚說明理由，禮貌地婉拒對方。一旦接下委託，就要努力去理解對方的需求或期望，至少要有一定程度的掌握。也就是說，即使透過電子郵件也好，你應該跟對方好好溝通，建立起符合常識的圓融人際關係。不過，如果對方是個缺乏常識的無禮傢伙，我還是會冷靜地叫對方「別鬧了！」誒誒誒，這樣不行嗎?!

如果能與邀稿者（例如編輯）建立相互信賴、溝通順暢的關係，就算發生問題也能藉由討論來解決。還能減少「怎麼會來問俺該怎麼做才能受異性歡迎……？」這類可能會引發悲劇的無理要求。對彼此有一定程度的了解，對方就會知道「問三浦如何受異性歡迎等於是白問，還不如邀她寫漫畫特集的稿子」，提出適合你的工作邀約。

這些適合自己（或無法憑一己之力發想）的企畫邀約，能增加作品世界的廣度與深度，所以真的無須太挑工作或害怕挑戰。與其這樣，倒不如時時提醒自己要尊重邀稿者，才是更有建設性的做法。

這麼說絕不是要求你具備派對咖等級的社交能力，或是要你跟別人宣傳自己。只是我看過太多小說家因為缺乏社交能力，即使想向他人展現自我也顯得扭扭捏捏、舉止可疑，不得已只能接關在家裡就能做的工作（說得好像我自己不是這種人）。在傾聽對方想法的同時，也要盡量將自己的想法傳達給對方。這就是人際相處中最重要的一環，你只須盡力實踐就行了。

有的人因為對小說過度認真，太過在意「我這樣的稿子不行！」或

「這個企畫是不是不適合我？」導致面對寫作時變得畏首畏尾，戒慎恐懼。這樣的心情我懂！盡力完成某作品之後，請把判斷與評價的事交給編輯與讀者，專心寫下一部作品吧！這樣正向思考的「厚臉皮」也很重要。即使寫作時只有你一個人，但你絕非孤伶伶地在做這份工作。

相信那些委託「你」寫稿的人，相信那些買下「你」寫的書並閱讀的人，無論接受或拒絕對方的邀稿，都要真誠以待，一旦接受委託就要盡全力去寫。「什麼嘛！就這樣而已嗎？這不是所有工作都通用的基本道理嗎？」沒錯，別想太多，只須像這樣輕鬆面對即可。

此時若是有人反駁：「如果『就這樣而已』，那妳為何總是無法如期交稿呢？」這下我也是無言以對了。果然還是別想太多比較好吧？誒誒，大家不要這樣啦（拖稿的原因其實是我一直在睡覺啦）！

後記——期待您再度光臨本餐廳

嗝……各位是不是胃食道逆流了啊？二十四道料理果然還是款待過頭（？）了吧？在此跟大家致歉。

雖然其中不乏內容可疑的菜色（請參照正文），但我總算是拚上老命為各位端上了全餐料理。這就是正向思考。對了，盡量保持正向思考，也是寫小說時非常重要的一件事。因為只能獨自埋頭苦幹（這句話好像會讓人想歪？可能是我多心了），如果不保持正面的心態，很容易就會抓狂大喊：「呀——我不行了！」結果放棄不寫。

別看我這樣，其實我個性較陰沉，經常覺得「我不行了……」而自暴自棄地悶頭大睡。給我起來寫呀！還有，「別看我這樣」是在演哪齣？這又不是電影或漫畫，各位根本就看不到我啊。哎呀，文章表現真是一門困難的學問呢。

不過，比起需要大批演員、工作人員同心協力拍攝的電影，或是必須先思考劇情、再畫草稿、描線並進行細節修飾的漫畫，小說只要有紙筆就能寫，所需的金錢與人力少上許多。也就是說，只要有心想創作的話，小說算是門檻相對較低、為更多人敞開大門的一種表現方法。

擔任「Cobalt短篇小說新人獎」評審的十四年來，我看到最大的變化就是——「寫文章的人增加了」。我想可能是因為智慧型手機的普及，人們在日常生活中寫文章的機會增加了。從前是只能以書信溝通的時代，若非勤於書寫的人，往往較少有機會將個人的想法或思考寫成文章。這個道理或許也適用於拍照和攝影，隨著機械科技的進步，個人對外表現自我的機會也增加了。我認為這是好事。

不過，習慣拍攝照片或影片的話，是否就能拍出傑作、成為專業攝影師或電影導演呢？當然不是。小說也是同樣的道理。會寫文章就一定能寫小說嗎？我總覺得沒這麼簡單。

如果想要填補「寫文章」與「寫小說」之間的隔閡，將兩者連結起來，需要做些什麼呢？我認為唯有做到這點，亦即「懷抱熱情持續思考小說是怎麼一回事」。思忖過後，再付諸行動寫作。話雖如此，毫無頭緒就突然叫你思考，只會讓人覺得疲憊，所以我才會在書中為各位說明「個人關於小說寫作的想法及注意事項的建議」。如果這些內容多少能讓各位在寫作之際獲得靈感或有所幫助，那就太好了。

對於投稿「Cobalt 短篇小說新人獎」的各位，以及在本書連載時不吝提出寫作相關煩惱或疑問的人，在此由衷感謝。因為切實感受到大家對小說認真的態度，我心中那把熱情之火燃燒得更加猛烈，得以思考關於小說寫作的許多事。

感謝我歷代的責任編輯，還有 Cobalt 編輯部全員，衷心感激各位的協助。能與大家一起認真討論投稿作品，在評選會議結束後盡情東拉西扯，對我而言都是相當愉快的學習時光。

感謝 Ryuto Miyake 繪製了既美麗又不安定的插畫。Miyake 先生的插畫完美地詮釋了小說寫作這個行為的本質，在此深表謝意。還有設計了好看裝幀的 SAVA DESIGN 工作室、監修書衣封底法語翻譯的岡元麻理惠小姐，以及細心協助本書諸多事務的責任編輯宮崎溫子小姐，請容我獻上感謝的飛吻……咦，不需要是嗎？是我失禮了。謝謝大家！

今後我也想繼續享受包括小說在內的各類創作，希望自己能夠一直寫下去。祈望寫小說也能成為讓各位既痛苦又快樂，同時又最親近的表現方法。

那麼，本日營業時間到此為止。非常感謝各位來賓大駕光臨，期待您今後再度蒞臨本餐廳！

二〇二〇年八月

三浦紫苑

《寫小說，不用太規矩：三浦紫苑的寫作講座》

初刊．初版資訊

✷

《網路雜誌 Cobalt》

隔月連載專欄「成為小說家的寫作微建議」

連載時間：二〇一六年六月～二〇二〇年二月

〈第二十四道料理〉與〈清口時間〉為新寫文章。

原專欄文章於單行本出版之際，進行標題調整與內文增修。

三浦紫苑

Shion Miura

一九七六年，出生於東京。

二〇〇〇年，以長篇小說《女大生求職奮戰記》踏入文壇。

二〇〇六年，以《真幌站前多田便利屋》榮獲直木獎肯定，

二〇一二年，再以《啟航吧！編舟計畫》拿下本屋大賞第一名。

其他著作還有：《住在那個家的四個女人》（暫譯，獲頒織田作之助獎）、

《小野小花通信》（暫譯，獲頒島清戀愛文學獎與河合隼雄物語獎）、

《沒有愛的世界》（獲頒日本植物學會特別獎）等。

近作為散文集《請容我失禮了！》（暫譯）。

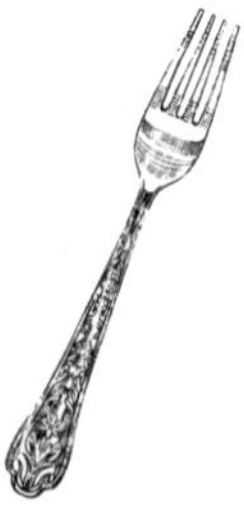

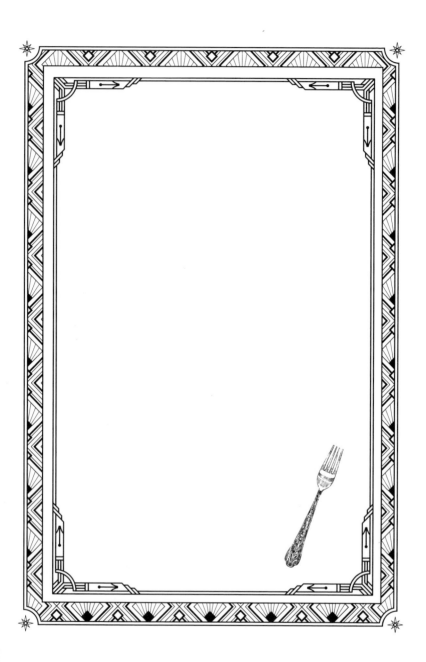

EPIPHANY—003

寫小說，不用太規矩

三浦紫苑的寫作講座

✦

マナーはいらない 小說の書きかた講座

作　　者　三浦紫苑｜譯　　者　鄭淑慧
主　　編　林昀彤｜編　　輯　K5 Chen
裝　　幀　SAVA DESIGN｜裝　　畫　Ryuto Miyake

繁中版書封・書腰設計　萬勝安
繁中版內頁編排設計　菩薩蠻電腦科技有限公司

讀書共和國出版集團
社長　郭重興｜發行人兼出版總監　曾大福
業務平臺總經理　李雪麗｜業務平臺副總經理　李復民
實體通路協理　林詩富｜網路暨海外通路協理　張鑫峰
特販通路協理　陳綺瑩｜印務　江域平、李孟儒

編輯出版　遠足文化事業股份有限公司　拾青文化
發　　行　遠足文化事業股份有限公司
http://www.bookrep.com.tw
23141 新北市新店區民權路 108-2 號 9 樓
電話：(02) 22181417
客服專線：0800-221029　傳真：(02) 86671065
郵撥帳號：19504465　戶名：遠足文化事業股份有限公司
法律顧問　華洋法律事務所／蘇文生律師
印　　製　呈靖彩藝有限公司
初版一刷　2022 年 5 月
定　　價　400 元
I S B N　978-986-06723-8-1

國家圖書館出版品預行編目(CIP)資料

寫小說,不用太規矩：三浦紫苑的寫作講座/三浦紫苑著；鄭淑慧譯. -- 初版. -- 新北市：遠足文化事業股份有限公司拾青文化出版：遠足文化事業股份有限公司發行, 2022.05
面；　公分. -- (Epiphany ; 3)
譯自：マナーはいらない 小説の書きかた講座
ISBN 978-986-06723-8-1(平裝)

1.CST: 小說 2.CST: 寫作法

812.71　　111002662